신화의 전장

dream
books
드림북스

신화의 전장 4

초판 1쇄 인쇄 2018년 9월 5일
초판 1쇄 발행 2018년 9월 15일

지은이 박정수
발행인 오영배
기획 박성인
책임편집 이신옥
일러스트 엑저
디자인 권지연
제작 조하늬

펴낸곳 (주)삼양출판사 · 드림북스
주소 서울시 강북구 도봉로 173
대표 전화 02-980-2112 **팩스** 02-983-0660
편집부 전화 02-980-2116 **팩스** 02-983-8201
블로그 blog.naver.com/dreambookss
출판등록 1999년 3월 11일 제9-00046호

ⓒ 박정수, 2018

ISBN 979-11-283-9407-2 (04810) / 979-11-283-9403-4 (세트)

+ (주)삼양출판사 · 드림북스의 서면 허락 없이는 어떠한 형태나 수단으로도 이 책의 내용을 이용하지 못합니다.
+ 지은이와 협의하에 인지는 생략합니다. 잘못된 책은 구입한 곳에서 바꾸어 드립니다.
+ 이 도서의 국립중앙도서관 출판시도서목록(CIP)은 서지정보유통지원시스템홈페이지(http://seoji.nl.go.kr)와
  국가자료공동목록시스템(http://www.nl.go.kr/kolisnet)에서 이용하실 수 있습니다. (CIP제어번호: 2018028238)

드림북스는 (주)삼양출판사의 판타지 · 무협 문학 브랜드입니다.

신화의 전장
4
MODERN FANTASY STORY & ADVENTURE
박정수 현대판타지 장편소설
dream
books
드림북스

목 차

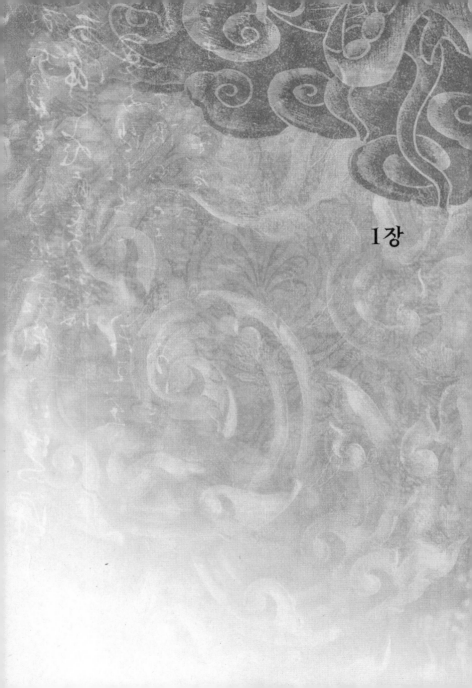

1장

해태는 마치 계단을 밟듯이 천천히 내려와 땅을 디뎠다.

"쯧쯧."

그는 잠시 봉을 바라본 후 고개를 돌려 힘겹게 서 있는 박현을 보며 나직하게 혀를 찼다.

"해태여, 지금 본신(本神)의 행사를 방해하는가?"

봉이 지금까지와는 비교되지 않을 정도로 거대한 기운을 뿜어내며 노여움을 터트렸다.

후아아아악—

그 힘에 맞춰 해태의 몸에서도 해일과도 같은 거대한 힘이 일어났다.

파지직— 파지지지직!

두 기운이 부딪히자 붉고 푸른 불꽃이 사방으로 튀기 시작했다.

"크윽!"

박현은 그 둘의 힘 앞에서 무기력함을 느껴야 했다.

자신이 생각하고, 느꼈던 천외천의 힘은 착각을 넘어 오만이었다.

박현의 무릎은 거대한 힘의 소용돌이에 짓눌려 서서히 꺾어졌다.

"으으으윽!"

박현은 이를 악물고 버텨보려 했다. 하지만 일개의 인간이 무자비한 자연을 이기지 못하는 것처럼 박현의 의지와는 상관없이 그의 무릎은 바닥에 닿고 말았다.

"여기가 어디라고 날뛰나?"

봉황전 대문이 터지듯 부서지며 황이 튀어나왔다.

황의 기운이 봉의 기운과 합쳐지며 더욱 크게 몸을 일으켰다. 그리고 거대함을 앞세워 해태를 몰아쳤다.

수아아아아악!

박현의 눈이 화등잔처럼 떠졌다.

해태의 힘이 단숨에 배가량 더 커진 것이었다.

비등하던 힘이 황의 합류에 깨어지는가 싶더니 다시 균

형을 맞춰갔다.

"끄으으으으."

박현은 칼날의 거센 폭풍 속에 휘말린 것처럼 피부 곳곳이 터져나가기 시작했다.

해태가 그 신음을 들어서였을까.

"이 정도면 끝장을 보자는 건데, 어디 끝을 보시겠소?"

해태의 말에 봉과 황의 눈초리가 올라가더니 서서히 기운을 줄여갔다. 끝을 보기에는 상대가 상대인지라 부담스러웠기 때문이었다.

해태도 둘의 기운에 맞춰 서서히 거뒀다.

......

언제 봉황전 앞마당에 기의 폭풍이 휘몰아쳤다는 듯 고요함이 내려앉았다.

"아는 놈이냐?"

봉이 힘겹게 다시 자리에서 일어나는 박현을 흘깃 일견하며 물었다.

"어쩌다 보니 연이 닿았다오."

해태도 박현의 몸을 살핀 후 다시 봉과 황을 쳐다보았다.

"연이라. 북에서 온 놈이 아니던데?"

봉이 눈매를 날카롭게 만들며 물었다.

"이지를 잃고 윗땅에서 짐승이 되어 날뛰길래 그냥 둘

수 없어 몇 수 가르침을 내렸다오."

"흠."

"인간들의 개념으로 보면 그래도 먼 친척이 아니겠소?"

봉과 황은 해태가 호족을 살뜰히 살핀다는 것을 알고 있었다.

"북으로 데리고 갈 건가?"

봉이 물었다.

"지가 오겠다면 몰라도 여서 잘 사는 놈을 데려가서 뭐하오? 나 혼자 살기도 바쁜 것을 잘 아시면서."

봉의 눈초리가 다시 박현에게로 옮겨갔다.

"그러니 어지간하면 나를 봐서 넘어가 주시구려. 먼 친척 할배의 마음 씀씀이라 여기시면 된다오. 껄껄껄."

해태는 구수하게 웃었다.

봉은 박현을 잠시 노려보다 미간을 찌푸리며 손을 휘저었다.

"이대로 보내시렵니까?"

황이 못마땅한 목소리를 냈다.

"되었네."

봉의 목소리 또한 못마땅함이 묻어 있었다.

"용서해 주는 것은 이번이 마지막이다. 이 땅에서 살아가려면 명심하여라!"

황이 박현에게 한 마디 쏘아붙였다.

"그만 가보아라. 인사 올 필요는 없고."

해태가 얼른 가라고 손을 저었다.

박현은 해태에게 허리를 숙여 인사하며 몸을 돌렸다.

"여어."

봉황궁을 나서서 효자동 삼거리에 들어서자 박수무당 조완희가 씨익 웃으며 다가왔다.

"웬일이야?"

"너 안 죽고 살아있나 확인하러."

조완희의 말에 박현의 입가에 쓴웃음이 지어졌다.

"너야?"

"해태 님?"

조완희의 물음에 박현은 고개를 끄덕였다.

"나는 아니야. 나는 사실 그분을 잘 알지도 못하고."

"그럼."

박현의 말에 조완희가 고개를 끄덕이며 입을 열었다.

"기원이가 뭐 빠지라고 달려가기는 했지."

"덕분에 살았다."

"그래 보인다."

조완희가 박현의 어깨를 툭 쳤다.

*　　*　　*

봉황궁을 나서던 해태가 잠시 걸음을 멈췄다.

검은 연기가 그를 스쳐 지나가고 해태의 손에 자그만 종이조각이 들려 있었다. 종이에 적힌 글자를 보자 해태는 피식 웃으며 그 자리에서 사라졌다.

해태가 모습을 드러낸 곳은 다름 아닌 DMZ 어느 야산, 공터였다.

"오셨습니까?"

백택은 해태를 보자 정중하게 허리를 깊게 숙였다.

"간이 좁쌀만 한 것은 여전하구나. 낄낄낄."

"안녕하시여야."

옆에 서 있던 서기원이 어색하게 인사를 건넸다.

"오늘 수고했구나."

"아니여야."

서기원이 머리를 긁적였다.

"오랜만입니다."

"50년 만인가?"

해태는 백택을 보며 물었다.

"60년이 조금 넘었습니다."

"벌써 그렇게 되었나?"

해태는 아련한 눈을 떠었다.

"해후하자고 나를 여기로 부른 것은 아닐 테고."

그 말에 백택이 서기원을 슬쩍 쳐다보았다.

"봉황님의 눈을 가린 것으로 과거의 빚을 갚을까 합니다."

해태의 눈가 자글자글한 주름이 더욱 깊어졌다.

"흠."

해태는 뒷짐을 지며 잠시 생각에 잠기는 모습이었다.

"가린 것이 있기는 하더냐?"

백택은 한 번 더 서기원에게 시선을 주었다.

"……."

해태는 손가락으로 수염을 비볐다.

"앞으로도 가리겠습니다."

"나름 큰마음을 먹었구나. 봉황 아래서 눈을 가릴 생각을 다 하고."

"하지만 그뿐입니다. 백호의 목숨까지 책임져 주지는 못합니다."

"오냐. 너의 제안을 받아들이마."

백택은 묵묵히 고개를 두어 번 끄덕인 후 정중하게 인사를 올리고는 그 자리에서 사라졌다. 동시에 검은 연기가 흐릿하게 피어났다가 사라졌다.

백택, 아니 그를 측근에서 보필하는 암행규찰마저 사라 ·
지자 해태는 장난기 어린 얼굴로 서기원에게 다가가 머리
를 콩 찧었다.

"아얏!"

서기원이 머리를 움켜잡으며 눈물을 글썽였다.

"아프냐?"

"하하하, 그게……."

"잘했다만은 위험했다, 이놈아."

"히히."

서기원은 해태의 칭찬에 헤벌레 웃었다.

＊　　　＊　　　＊

박현은 거실 바닥에 가부좌를 틀고 앉았다.

조완희가 가르쳐 준 대로 명상을 통해 내부를 관조하며
신력으로 내상을 치료하고 있었다.

어느 정도 치료가 마무리되어 가고 있을 때였다.

"있어야?"

도깨비 서기원의 목소리가 들려왔다.

"후우―."

부족한 감이 없지는 않지만 급한 불은 껐기에 박현은 날숨을 내쉬며 눈을 떴다.

"들어와."

박현은 자리에서 일어나며 현관문을 향해 고개를 돌렸다.

"……!"

해태가 서기원과 함께 집 안으로 들어왔다.

"할아버님."

박현은 잠시 놀란 얼굴을 했지만 이내 반가움을 표했다.

"한 번도 찾아오지 않고 반기기는."

해태는 인사도 받지 않고 투덜대며 소파에 앉았다.

"그간 강녕하셨습니까?"

박현은 몸가짐을 바르게 한 후 큰절을 올렸다.

"큼."

해태는 그 인사가 싫지 않은 듯 표정이 풀렸다.

"죽다 살아난 놈치고는 표정이 좋구나."

"언제까지 죽을상을 하고 있을 수는 없지 않습니까."

박현의 넉살에 해태가 어이없다는 표정을 지었다.

"네 녀석 삼도천[1]에 발이 담겼다는 것은 아느냐? 이놈아."

"압니다."

"네놈이나, 이놈이나. 끼리끼리 어울린다더니. 에잉, 쯧쯧쯧."

해태는 서기원을 한 번 일견하며 혀를 찼다.

"제게는 선택의 여지가 없었습니다."

박현의 말은 확고했다.

"흠."

해태는 팔짱을 끼며 한숨을 내쉬었다.

"등잔 밑이 어둡다고 했다."

해태의 목소리에는 걱정이 한껏 묻어 있었다.

"어둡죠. 하지만 그건 사는 게 아닙니다. 그저 하루하루 연명해 나가는 거죠."

"차라리 북으로 올라오는 건 어떠냐?"

해태가 진지하게 물었다.

그 물음에 박현은 고개를 저었다.

"성격이 지랄 맞아서 비 맞은 개처럼 꼬리를 말기도 싫고요."

그리고는 씨익 웃었다.

"그래서 시퍼런 두 개의 칼날이 살아 있는 작두판에서 살아갈 생각이더냐?"

칼날은 봉황을 말하는 것이고, 작두판은 칼날 위에서 뛰어다니는 위험을 비유한 것이리라.

"제 팔자가 이런 것을 누구를 탓합니까."

"쯧쯧쯧."

해태는 무덤덤하게 말하는 박현을 보며 혀를 찼다.

"쉬운 길을 두고."

"할아버지께서 든든하게 버텨주시는데 뭐가 두렵겠습니까?"

"에잉, 고얀 놈."

말은 저래도 그리 싫지만은 않은 듯 해태의 입가에 희미한 미소가 살짝 지어졌다.

"그래서 이제 앞으로 어쩔 셈이냐?"

"조용히 힘을 쌓아야죠."

"어느 천 년에 힘을 쌓아."

박현은 잠시 머뭇거리며 해태를 쳐다보았다. 그 눈빛이 워낙 무겁게 느껴졌기에 해태의 얼굴도 진중하게 바뀌었다.

"할아버지."

"중한 이야기인 모양이로구나."

박현은 고개를 묵묵히 끄덕이며 입을 열었다.

"무문 천가를 아시지요."

"알다마다."

"그 가문이 모시는 신 또한 아시지요."

"대대로 용왕을 모셔 왔지."

"정확히는 용왕이 아닌 용을 모시는 가문이라 들었습니다."

"그래서?"

"그녀의 마지막 핏줄인 여인이 저를 신으로 모셨습니다."

"……!"

해태의 눈동자가 살짝 흔들렸다.

"또한 얼마 전에 이 손자가 백우로 탈피했었습니다."

"……, 허어—."

해태는 나직하게 탄식을 자아냈다.

"그랬군, 그랬던 것이야."

해태는 이제야 이해가 된다는 듯 고개를 끄덕였다.

"내 너를 보며 이상한 것이 많다 하였다. 백호로 보였지만 내가 알던 백호도 아니었고."

"사실 저는 잘 모르겠습니다."

"하긴 너의 진신(眞身)이 용이라고 해도, 그건 그거대로 이상하기도 하다. 이 할애비가 좀 알아보마."

"감사합니다."

"네 녀석 팔자도 참으로 팍팍하구나. 봉황에 문무라니."

"……?"

"음?"

박현의 아리송한 표정에 해태가 반문했다.

"문무가 누구이온지……."

"내가 용왕의 이름을 알려주지 않았더냐?"

해태의 물음에 박현이 고개를 저었다.

"성은 김에 이름은 법민. 시호는 문무(文武)[2]. 신라의 왕이었다. 그의 생전 소원대로 죽어 동해를 지키는 용이 되었지."

문무대왕의 설화를 들어 얼핏 알고 있었다.

하지만 그 설화가 진실이었을 줄이야.

"용은 자고로 고고하면서도 외로운 존재지. 동시에 그 외로움을 즐기는 존재이기도 하고. 녀석의 성정은 자애하지만, 용이기에 그 욕심 또한 높아. 그 녀석이 너를 어찌 봐줄지 모르겠구나. 자신의 무녀가의 무녀를 빼앗아갔으니."

첩첩산중이란 말이 괜히 나온 게 아니다 싶었다.

"백룡은 제쳐두고라도, 저 그리 만만한 놈 아닙니다."

박현은 담담하게 웃음을 지었다.

"이 상황에 웃음이 나오더냐?"

"그럼 사내가 웁니까?"

"뭐라? 하하하하하하!"

해태는 대소를 터트렸다.

"그래. 용으로 태어났으면 그 정도 광오함은 가지고 있어야지."

"비록 백호는 아니었지만 그래도 할아버지는 제 할아버지입니다."

"벌써부터 이 할애비 등골을 빼 먹을 생각을 하고 있구나. 이래서 검은 머리 짐승은 거두는 게 아니라고 했거늘."

농이 가득한 타박.

"저 하얀 놈입니다."

박현도 농으로 화답했다.

*   *   *

까륵— 까르르륵!

봉은 장침에 기댄 채 호두 2알을 손바닥 안에서 맴돌렸다.

"그냥 두고 보실 참이세요?"

황이 신경질적으로 말을 꺼냈다.

"아니면?"

봉이 반문했다.

"……그."

황이 뭔가 말을 하려다가 입을 닫았다.

그만큼 해태가 주는 무게감은 무거웠다.

한반도를 손에 넣었음에도 불구하고 은연중 북쪽을 그의 영역으로 인정해 주고 있었으니 더 말을 해봐야 입만 아프다. 아니 자연스럽게 그리 흘러간 것처럼 보이지만 실상은 아니다.

봉과 황이 그렇게 되도록 만들었다.

삼족오와 더불어 숨은 지배자, 해태.

그를 밑에 둘 자신이 없었고, 그와의 대적이 부담스러웠기 때문이었다.

삼족오를 죽이며 입은 중상을 핑계로.

"이대로 마냥 참으실 건가요?"

무게감은 무게감이고 상처 난 자존심은 자존심이었다.

"아니."

파깍!

봉의 손 안에서 어지럽게 부딪히던 호두 2알이 한순간 부서져 바닥으로 떨어졌다.

"우리가 예전의 우리가 아니듯 해태도 예전의 해태가 아니더군."

"……?"

"힘이 예전 같지 않더군."

"그 말씀은?"

황의 눈이 동그랗게 떠졌다.

"천하의 해태도 늙었어."

봉의 입가에 차가운 미소가 지어졌다.

요동치던 황의 눈동자가 봉의 미소에 딱 멈췄다. 진득한 살기를 머금고.

부부는 일심이라 했던가.

"그래서 고민 중이야."

봉 역시 입가에 어린 미소에 진득한 살기를 잔뜩 머금었다.

그 시각.

쪼르르르—

해태는 약초를 우려낸 차를 찻잔을 따랐다.

단아한 한복을 입은 노파가 찻잔을 들어 가볍게 목을 축였다.

"이제 마음이 놓이느냐?"

해태는 복잡한 눈으로 노파를 쳐다보았다.

"감사하옵니다, 어르신."

"……."

노파의 말에 해태는 아무 응대 없이 조용히 자신의 찻잔을 들었다.

"너의 핏줄에 흐르는 한이 참으로 독하구나, 독해."

한참의 침묵 끝에 해태는 안쓰러운 눈으로 노파를 쳐다
보았다.

"육백 년간 이어져 온 한이옵니다. 그날의 참상이 고스
란히 제 머릿속으로 이어져 있습니다. 어찌 그날의 참담함
과 분노를 잊을 수 있겠사옵니까."

노파의 목소리는 담담했지만 그녀의 눈동자에 담긴 분노
는 지독하기 이를 데 없었다.

"흠."

해태의 신음은 무거웠다.

"육백 년 전 그 날, 저희 일족을 살려주신 것은 해태 님
이십니다."

"그래서!"

해태의 목소리가 조금 커졌다.

"이 은혜, 죽어서도 잊지 않을 겁니다."

노파는 눈을 부릅뜨며 단단한 목소리를 내뱉었고, 동시
에 해태의 눈동자에 안타까움이 더해졌다.

"후회하시옵니까?"

노파의 물음.

"우문이다."

해태는 차로 입을 축였다.

"내 걱정은 오직 하나다."

"……?"

"자칫 그 아이가 네가, 너희 일족이 바라는 천신이 아닌 악신이 될까 무섭다."

해태는 고개를 들어 하늘을 올려다보았다. 그의 마음을 대변이라도 해 주려는 것처럼 하늘은 잔뜩 흐렸다.

반대로 노파는 고개를 숙여 자그만 펜던트형 목걸이를 내려다보았다.

달깍.

펜던트가 열리고 그 안에는 빛바랜 자그만 흑백 사진이 있었다. 그 사진은 환하게 웃고 있는, 박일태의 젊었을 적 모습을 담고 있었다.

'여보.'

노파, 안순자는 두 손을 모으며 펜던트를 꽉 쥐었다.

*   *   *

박현은 커피 한 잔을 내려 아침 햇살이 내리쬐는 정원으로 나갔다. 그윽한 커피향과 포근한 햇살이 밤새 그를 괴롭혔던 심란함을 조금은 달래 주는 느낌이었다.

"음?"

커피가 반쯤 비었을 때쯤 박현의 눈썹이 꿈틀거렸다.

기이한 느낌이 그의 몸을 잡아당긴 것이었다.

그것은 낯설면서도 친근했으며 또한 끈끈했다. 그 느낌에 박현은 커피잔을 내리며 담장 밖으로 고개를 돌렸다.

담장에 가려져 밖이 보이지 않았지만 박현은 느낄 수 있었다. 그 기운, 아니 그 기운을 담은 이가 자신을 향해 다가오고 있음을.

끼익—

박현의 시선이 대문으로 향하는 순간 문이 열리고 한 여인이 안으로 들어왔다.

한설린.

그 기운을 발산하는 이는 다름 아닌 그녀였다.

"좀 늦었죠?"

한설린이 박현을 보자 처음 꺼낸 말이었다.

그녀는 더욱 낯설어졌고, 낯설어진 만큼 포근하게 바뀌어 있었다. 그리고 끈끈한 무언가가 그녀와 자신의 사이를 이어주고 있음이 선명하게 느껴졌다.

"생각보다."

박현은 고개를 끄덕였다.

한설린이 신비선녀 밑에서 내림굿으로 그녀의 몸을 정화하고 무녀로서 익혀야 할 것들을 배우고 있음을 조완희를 통해 들었었다.

'내림굿이라.'

한설린은 내림굿을 통해 신을 받아들이고 무녀로서 다시 태어났다.

그 신은 당연히 자신이고.

이유를 알 수 없는 당김이 내림굿 때문일 거란 생각이 들었다.

'흠.'

동시에 눈매가 가늘어졌다.

그녀에게서 느껴지는 신력은 익숙한 정도가 아니라 바로 자신의 것이었다.

박현은 진한 웃음을 숨겼다.

상황이 어찌 되었든 그녀는 자신에게 종속되었다. 그 말인즉슨, 한성그룹과의 관계에서 유리한 패를 손에 쥐었다는 의미였다.

남은 것은 확실하게 도장을 찍을 수 있는 것.

곧 자신의 힘이었지만 지금 생각해 보면 굳이 힘들여 그들을 손에 넣을 필요가 있나 싶기도 했다.

봉황을 만나고 난 후 무엇보다 중요한 것은 자신의 힘이라는 것을 느꼈으니까. 그리고 그 힘을 가지게 되면 꼭 한성그룹이 아니어도 함께할 이들은 많아질 테니까.

'봉황이라.'

봉황의 힘은 확실히 무서웠다.

단순히 그들의 힘만이 아니라 그들의 가진 영향력이 생각보다 넓고 뿌리가 깊었다.

박현의 상념은 봉황을 거쳐 검계로 옮겨갔다.

검계.

확실히 그곳은 봉황의 시선이 닿지 않는다고 하였다.

"무슨 생각을 그리 깊게 하시나요?"

한설린의 목소리가 그의 생각에 끼어들었다.

"이런저런."

박현은 어느새 자신 앞에 앉아 있는 한설린을 보며 어깨를 슬쩍 들어 올렸다.

"어때요?"

"뭐가?"

뜬금없는 질문.

"다시 저를 본 소감이."

혹하고 들어올 정도로 직설적이었다.

"이거 캐릭터가 너무 왔다 갔다 하는 거 아니야?"

"그때의 저도 저고, 지금의 저도 저예요. 주변의 상황이 급변하는데 성격이 그대로면 그것대로 이상하잖아요."

"궤변 같지만, 이상하게 이해는 되네."

박현은 식은 커피잔을 들었다.

"그래서 다시 보니 어때요?"

한설린이 다시 물었다.

"글쎄……."

박현은 답을 유보했다.

"저한테는 안 물어봐요?"

"뭐를?"

"다시 보니 어떠냐고?"

다시 물어보라는 말.

"다시 보니까 어때?"

그 물음에 한설린은 싱긋 웃으며 입을 열었다.

"이렇게 보니 알겠네요."

"……?"

"꽉 잡고 안 놓칠래요. 이제는 내 삶의 이유이자 목적이
니까."

한설린의 환한 미소 속에 강렬한 의지가 엿보였다.

♪~♩ ♪~♩ ~♬

둘 사이에 만들어진 애매한 침묵이 스마트폰 벨소리에
깨졌다.

받지 않으려다가 액정에 뜬 이름에 스마트폰을 들었다.

"예, 형님. 잘 지내셨어요?"

전화를 건 이는 강력1팀 맏형 신동진 경위였다.

《현아.》

무슨 일이 벌어진 것인지 그의 목소리는 좋지 않았다.

"……."

박현도 심상치 않은 기분을 느꼈다.

《철민이 형이……, 철민이 형이…… 끄으.》

신동진 경위는 결국 말을 잇지 못하고 울음을 터트렸다.

"철민이 형님이 왜요?"

박현은 자리에서 벌떡 일어나며 높아진 목소리로 그를 재촉했다.

《……돌아가셨다.》

"그게 무슨 말입니까? 철민이 형님이 돌아가시다니요!"

자연스레 박현의 목소리도 커졌다.

《끄으으으!》

신동진 경위의 울음은 멈추지 않았다.

약간의 소란 끝에 다른 이가 전화를 넘겨받았다.

《범인 새끼한테 맞아서 죽었다.》

그의 전화기를 넘겨받은 이는 황원갑 경사였다.

"네?"

믿기지 않는 말.

"그 새끼는요?"

박현의 눈에 살기가 번뜩였다.

《씨발—.》

울분에 찬 욕이 전화기를 넘어 들려왔다.

《실실 쪼개며 걸어 나갔다.》

"제가 잘못 들은 거 아니죠?"

《그뿐인지 아냐?》

"……?"

《아주 가시는 길에 아주 서장님이 마중을 다 하더라. 개새끼.》

서장이 직접 마중을?

강력1팀장을 때려죽인 놈을?

아무리 상식이 어긋난 세상이라고 해도 정도라는 게 있다.

그런데도 보란 듯이 그걸 파괴했다?

뭔가가 있다.

"그래서요?"

박현의 목소리가 차갑게 가라앉았다.

"아닙니다. 지금 제가 가죠. 어딥니까?"

《여기 일산병원 지하 장례식장이야.》

"지금 바로 가겠습니다."

박현은 스마트폰을 끊었다.

"지금 제가 잘못 들은 건 아니죠?"

한설린이 낯을 굳히며 물었다.

신력을 받아들인 그녀 역시 인간의 범주를 벗어난 존재이다. 박현과의 대화를 모두 들은 것이다.

"제대로 들었어."

"어떻게 이런 일이⋯⋯. 저도 갈게요."

길지 않은 시간이었지만 그녀 역시 형사팀 식구였다.

박현은 고개를 끄덕였다.

＊　　　＊　　　＊

칙―

조문을 마친 박현은 일산병원 장례식장 뒤 후미진 골목에서 담뱃불을 붙였다.

틈나는 대로 넉넉한 웃음으로 자신을 챙겨 주던 강철민 팀장의 부인, 형수가 넋이 나간 얼굴을 하고 있었다. 그러다 갑자기 미친년처럼 조문 온 경찰들에게 돈은 필요 없으니 꼭 살인범을 잡아 처벌해 달라고 소리 지르고, 울다가 비는 모습이 떠올랐다.

그런 그녀의 모습에 충격을 받은 초등학교 딸은 발작을 일으켰고.

"니미."

기분은 더러웠고, 담배 맛은 썼다.

신동진 형사와 황원갑 형사, 김한영 형사가 다가와 저마다 담배를 하나씩 입에 물었다.

"이러니까 담배를 못 끊지, 씨발."

평소 점잖기로 유명한 황원갑 형사가 말끝마다 욕을 달았다.

"다른 형님들은요?"

"형수랑 조카가 저 지경인데 따라 나올 수 있냐? 대신 상주 자리라도 지켜드려야지."

강철민 팀장은 독자였고, 형수는 고아 출신이었다.

상주를 대신해 줄 수 있는 이가 없는 건 당연한 일.

새삼 그 가족사가 박현의 가슴을 아프게 찔렀다.

"후우—, 어떻게 된 겁니까?"

박현은 한숨을 내쉬며 상황을 파악하고자 했다.

"내가 말할게."

셋 중 가장 어리지만 차분함을 유지하는 김한영 경위였다.

"위에서 마약 단속 건이 내려와서……."

일의 경위는 이랬다.

마약 일제 단속 지침이 내려왔다.

일산이야 비교적 마약 관련해서는 깨끗한 곳이었기에 강철민 팀장은 가벼운 마음으로 팀원들을 이끌고 일산 나이트클럽으로 점검을 나갔다고 했다. 점검이라고는 하지만 특별하게 나이트클럽을 헤집은 것은 아니고 화장실과 룸 위주로 스윽 훑어볼 뿐이었다.

그러다 VIP룸 앞에서 걸음이 멈춰졌다.

이유는 하나, 룸 하나가 잠겨 있었기 때문이었다.

그 방을 담당하는 웨이터가 뛰어와 청춘남녀 일이니 그냥 모른 척 넘어가 달라고 알랑방귀를 꼈다. 그 말에 강철민 팀장이 피식 웃으며 그래도 혹시 몰라 방문으로 귀를 가져갔다.

그런 그의 뒤로 엉큼하다며 농담이 쏟아졌다.

강철민 팀장은 그들을 향해 시끄럽다고 타박을 하며 방문으로 귀를 가져갔다. 이내 그의 얼굴이 딱딱하게 굳어졌다.

음악 소리에 묻히기는 했지만 분명 룸 안에서 고통에 몸부림치는 여자의 비명 소리가 들렸기 때문이었다.

당연히 강철민 팀장은 웨이터를 불러 당장 문을 열라고 지시했고, 웨이터가 눈치를 보며 이러지도 저러지도 못한 것은 자명한 일.

그러자 강철민 팀장은 일말의 머뭇거림도 없이 발로 문

을 걷어차 부수며 안으로 들어갔다.

문이 활짝 열리자 음악 소리에 묻혀 있던 비명이 복도까지 튀어나왔다.

그리고 찢어진 옷가지를 겨우 부여잡고 있던 여자가 허겁지겁 강철민 팀장에게로 달려들었다.

이어 술에 취해 잘 알아듣지도 못할 고함이 들려왔다.

누가 봐도 강간미수였다.

강철민 팀장은 밖에서 대기하고 있는 여경을 부르고, 팀원들에게 여인을 맡긴 후 화가 잔뜩 난 표정으로 룸 안으로 들어갔다.

"으아악! *끄아아악!*"

강철민 팀장이 들어가고 얼마 후 지독한 비명이 터져 나왔다.

무슨 일인가 싶어 신동진 경위와 황원갑 경사가 먼저 뛰쳐나갔고, 김한영 경위도 한 발 늦게 룸으로 달려갔다.

피로 범벅이 된 룸 안에서 한 사내가 술에 취해 히죽히죽거리며 흐느적거리고 있었다.

문제는 그다음부터였다.

"사람이 수갑을 끊을 수 있냐? 그때 그 새끼 양 손목에는 수갑이 채워져 있었어. 그런데 우리를 보더니 보란 듯이 끊어버렸어."

그리고 수갑을 마치 알루미늄 캔처럼 구겨버렸단다.

바로 눈앞에서.

"그뿐만이 아니야. 검시관이 뭐라고 했는지 알아? 혹시 덤프트럭에 받힌 게 아니냐고 묻더라. 도저히 사람 주먹에 만들어질 상처들이 아니라고."

이어진 말에 박현의 눈이 섬뜩하게 반짝였다.

"씨발—, 그 뒤에는 더 가관이다. 마치 기다렸다는 듯이 국정원에서 사람이 오지 않나. 오밤중에 서장이 뛰어와 연신 허리를 숙이지 않나. 들리는 말에는 청장도 왔다 갔다 하더라. 니미럴."

"결국 경찰서로 데려오지도 못한 것이로군요."

"하지만 진짜 이해가 안 돼. 그건 사람의 힘이 아니었어. 우리 모두가 달려들어도 이건 무슨……."

더는 들을 것도 없었다.

이면의 누군가다.

거기에 정부에 상당한 영향력을 행사하는 단체의 중요 인물일 것이고.

"더 지랄 맞은 건 뭔지 아냐?"

"……?"

"청장이 직접 국정원 직원과 변호사를 데리고 형수님을 찾아갔단다. 순직 처리도 해주고, 덤으로 십억 원도 준다면서. 대신 평생 함구하는 조건으로. 국가 기밀이니 어쩌니 하면서."

조금 전 형수의 행동을 보면 당연히 받지 않았을 것이다.

"형수님이 저러는 거 하나도 이상하지 않다. 나도 억울해서 미칠 것 같은데…… 씨발, 나도 뭐가 뭔지 모르겠다. 국정원에……. 국가 기밀이라니. 하아―."

김한영 경위는 담배를 하나 더 입에 물었다.

"흠."

박현은 침음성을 삼켰다.

"너라면, 아니 너니까."

신동진 경위가 품에서 반으로 접은 누런 서류 봉투를 내밀었다.

"뭡니까?"

"그 새끼 몽타주랑 형님 부검서랑 이것저것."

정식 입건도 안 된 사건에 몽타주라.

거기에 부검서까지.

이걸 작성하려고 눈치 아닌 눈치를 보며 고생도 했을 것이다.

"좆같지만 지금 우리가 할 수 있는 게 이것뿐이다. 그리고 내부적으로 필요한 게 생기면 뭐든 말해. 내 징계를 먹고 사표를 쓰는 한이 있어도 내가 해줄 수 있는 건 해주마."

가장 오랜 시간 강철민 팀장과 함께해 온, 친형제처럼 지내온 신동진 경위가 박현의 손을 굳게 잡으며 또박또박 말했다.

"나도."

"시끄러워. 제수씨랑 아이들은? 나야 홀몸이니 상관없어. 알았지?"

신동진 경위의 말에 박현이 고개를 끄덕였다.

"내 누구인지는 모르겠지만, 그 새끼 잡아다가 형님 무덤 앞으로 끌고 오겠습니다. 죽었다면 시신이라도 데리고 가죠."

박현은 몽타주를 품에 넣었다.

"평소처럼 조용히 지내세요. 가끔 불만 정도는 터트려 주고요. 그럼 연락드릴게요."

"너한테 무거운 짐을 줘서 형으로서 미안하다."

박현은 신동진 경위의 어깨를 토닥이고는 가볍게 손을 들어 인사한 후 골목을 나왔다.

"이야기는……."

한설린이 박현을 기다리고 있었다.

"가면서 이야기해."

보는 눈이 많다.

그 뜻을 알아차린 한설린은 박현과 함께 곧장 주차장으로 향했다.

일산 병원을 벗어나자 박현은 봉투를 열었다.

가장 첫 장에는 몽타주가 들어 있었다.

박현은 순간 기억력으로 몽타주를 기억하며 다음 장으로 넘겼다. 다음 장 사진을 보자 박현의 눈에 핏발이 섰다. 박현은 빠르게 여러 장의 사진이 인쇄된 종이를 넘겼다.

나이트클럽 룸 구석에 강철민의 몸은 구겨진 종잇장처럼 처박혀 있었다.

비단 그뿐만이 아니었다.

팔다리 어느 하나 제대로 남아 있는 게 없었고, 몸 곳곳에 뼈가 튀어나와 있을 정도로 처참하기 그지없었다. 과연 사람이 맞는가 싶을 정도였다.

핸드폰으로 찍어서인지 화질이 좋지는 않았지만 당시 상황을 유추할 수는 사진들이었다.

"씨발."

화자작!

강철민 팀장의 처참한 시신을 보자 박현은 노기가 끓어올라 서류를 강하게 움켜잡으며 몸을 바르르 떨었다.

겨우 겨우 마음을 가라앉히며 마지막 장을 보았다.

마지막 장은 시신부검서였다.

경찰서에 데려가지도 못하고 정식 입건도 못 했으니 이름도 주민등록번호도 모른다.

오로지 이 몽타주뿐.

박현은 고개를 젖히며 눈을 감았다.

그런 그의 뺨이 바르르 떨렸다.

이면의 누군가를 향한 복수다.

그리고 상황을 보니 적잖게 힘을 가진 가문의 인물일 터.

복수를 시작하면 자신이 드러난다.

짧지 않았던 고민도 잠시.

"내가 언제 이런 고민을 하며 살아왔다고."

박현은 눈을 떠 몽타주를 펼쳤다.

"너는 내가 죽인다."

박현의 뺨이 파르르 떨렸다.

"선배."

한설린의 목소리.

"뒤에서 차량 한 대가 따라붙었어요."

이 사건과 관계된 이들일 터.

"잘됐네."

박현의 눈에 차가운 살기가 감돌았다.

*용어

1) 삼도천: 이승과 저승의 경계에 있는 강.

2) 문무(文武): 문무왕에 관해서 설화가 내려온다. 삼국사기— 신라본기에 의하면 신라 30대 왕(661~681)이다. 문무왕은 자신이 죽은 뒤 용이 되어 이 나라를 지킬 터이니 동해 바다 큰바위를 자신의 무덤으로 삼으라 전해온다. 이후 문무왕은 동해를 지키는 용왕이 되었고, 그의 무덤을 대왕석[대왕암]이라 부르게 되었다.

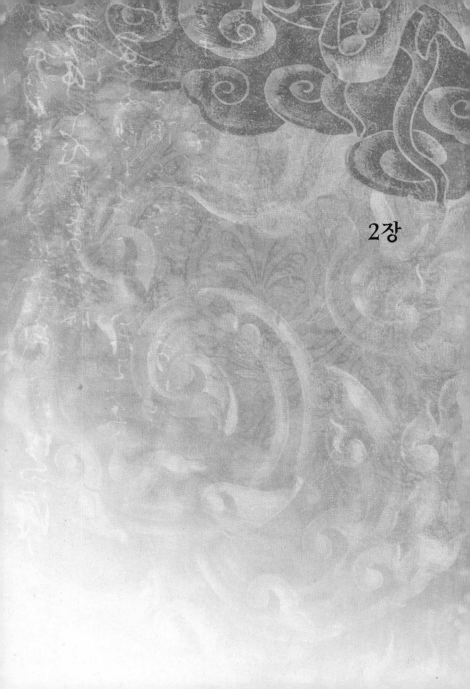

2장

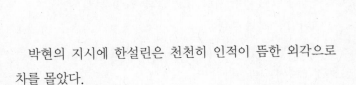

　박현의 지시에 한설린은 천천히 인적이 뜸한 외각으로 차를 몰았다.

　박현은 슬쩍 뒤차를 쳐다보았다.

　눈에 띄지 않게 미행한다고 뒤차는 제법 먼 거리에서 따라오고 있었다.

　전방에 급커브 길이 보였다.

　"속도 줄이지 마."

　박현은 손에 가죽 장갑을 꼈다.

　"네?"

　한설린의 반문에 대답할 사이도 없이 박현은 급커브길에

들어서자 차문을 열고 밖으로 뛰어내렸다. 박현은 고양이처럼 몸을 둥글게 만들어 부드럽게 착지하며 도로가 풀숲에 몸을 숨겼다.

부우우웅—

한 마디 하면 열 마디가 척.

한설린은 오히려 차 속도를 높이며 커브 길을 돌았고, 당황한 듯 미행하던 차도 함께 속도를 높였다.

콰앙!

박현은 미행하던 차가 커브를 도는 순간 신력을 최대한 끌어올려 달려 나가 차량 앞을 발로 후려 찼다.

끼이익— 콰과 쾅쾅!

미행하던 차는 스핀하며 도로에 스키드 마크를 만들고는 가장자리에 처박혔다.

차에서 누군가가 튀어나올 것이라 여겨 긴장감을 끌어올렸지만 잠시 시간이 지나도 차는 연기만 피어오를 뿐 아무런 움직임도 없었다.

"끄으."

미약한 신음만이 구겨진 차에서 흘러나올 뿐이었다.

만에 하나 함정일 수도 있기에 박현은 긴장감을 늦추지 않고 천천히 차로 다가가 안을 살폈다.

운전석 사내는 정신을 잃은 듯 축 처져 있었고, 보조석에 앉아 있던 인물은 고통스러운 표정을 짓고 있었다.

박현은 기감을 예민하게 만들어 둘을 살폈다.

특별한 기운이 느껴지지 않았다.

일반인이라는 소리.

박현은 차 문을 열어 고통에 신음을 흘리는 사내의 몸을 먼저 수색했다. 가슴에 권총 한 자루가 있었다. 에어백이 터지며 권총이 그의 갈비뼈를 부러트린 모양이었다.

박현은 권총을 빼 허리춤에 찬 후 이어 정신을 잃은 이의 권총도 회수한 후에 조수석 사내를 차 밖으로 끌어내렸다.

"크윽!"

사내는 고통에 신음하지만 눈빛만은 죽지 않고 박현을 노려보듯 올려보았다.

"누구지?"

박현은 무릎을 굽혀 시선을 가까이 가져갔다.

"……당신 일반인이, 끄으—, 아니었나?"

"나를 알고 있는 모양이군. 하긴 모르고 미행했을 리도 없지."

박현은 다시 입을 열었다.

"국정원?"

박현의 물음에 사내는 눈을 감았다.

대답하지 않겠다는 의지.

박현은 가타부타 그를 설득하지 않았다.

"으아아악!"

부러진 갈비뼈를 움켜잡아 비틀었을 뿐이었다.

"소속."

"끄으으으—."

사내는 이를 악물며 버텼다.

"이면을 알고 있으면 지금 행동이 그다지 큰 도움이 되지 않으리라는 것을 모르진 않을 텐데."

그 말이 주효했던 것일까, 사내의 눈동자가 흔들렸다.

박현은 갈비뼈를 놓으며 잠시 그가 정신을 차릴 수 있게 시간을 주었다.

"끄으—, ……국정원."

박현은 그의 대답을 머릿속으로만 담으며 다시 입을 열었다.

"국정원이면……."

"구, 국내부 소속 8팀이오."

8팀은 잘 모른다.

아니 8팀이 있는지도 몰랐다.

하지만 그걸 드러낼 바보가 아니었다.

국정원에 대해서는 차차 알아가기로 하고.

"그래서 나를 미행한 건가? 그 새끼를 보호하기 위해?"

"보호라기보다는 은폐겠지."

사내의 고통스러운 표정 속에 씁쓸함이 담겼다.

"단독? 아님 지시?"

"단독이오. 장례식장에서 형사과 팀원들과 접촉하는 것을 보고 미리 단속을……."

말을 하다 말고 국정원 사내는 눈을 부릅떴다. 그리고 박현을 바라보는 눈동자가 하염없이 파르르 요동치기 시작했다.

"살려……. 컥!"

박현은 단숨에 그의 목을 꺾어 버렸다. 이어 여전히 기절해있는 이의 목도 꺾어 죽였다.

콰직!

블랙박스도 부숴 증거를 없앴다.

애먼 죽음이기는 하나 그들을 살려둘 수는 없었다.

이미 봉황회에서 자신의 얼굴을 알고 있었다.

언젠가 알려질 일이지만, 지금은 아니었다.

적어도 강철민 팀장의 복수를 하기 전까지는.

끼익―

한설린이 차를 돌려 세웠다.

둘의 시신을 보자 잠시 움찔거렸지만 담담한 표정을 유지했다.

"가자."

박현은 차에 올라탔다.

다음 날, 이른 아침.

그 장소.

경찰차 3대가 교통정리를 하고 있었고, 차량과 시신 주변으로 노란색 경찰통제선이 처져 있었다. 잠시 후, 검은색 세단 2대와 검은색 봉고차가 빠르게 달려와 섰다.

세단에서 검은색 양복을 입은 국정원 요원들이 우르르 내렸다.

국정원 검계 8팀 소속 역발과 과장 오성식은 무표정하게 죽은 두 명의 국정원 요원을 살폈다.

"이면의 흔적은 없군."

이면의 힘에 상처를 입거나 죽었다면 어떤 형태로든 기운의 흔적이 남는다. 하지만 둘의 몸에서는 일절 그런 기운이 느껴지지 않았다.

"일반인일까요?"

"글쎄……."

오성식 과장은 죽은 요원들에 이어 부서진 차량을 꼼꼼히 살폈다. 하지만 차량이 크게 도는 사이 이래저래 부딪히며 처참하게 부서진 터라 특별히 눈에 띄는 부분은 없었다.

"시신을 실을까요?"

국정원 요원과 달리 새하얀 연구복을 입은 사내가 다가왔다.

부검관 변동호였다.

"차는 그대로 실어서 정밀감식 보내고, 변 닥터는 어떻게 죽은 것인지 확인해 보고."

"예압."

변 닥터, 변동호는 마스크를 쓰며 조수들을 시켜 두 구의 국정원 요원 시신을 봉고에 마련된 간이 침상에 눕혔다.

"나가."

두 구의 시신 앞에 선 변동호는 이제까지의 익살스러운 행동과 달리 긴장감과 더불어 냉기가 뚝뚝 떨어졌다. 조수들이 그 말에 봉고에서 내리고 문을 닫으려는 찰나 오성식 과장이 봉고에 올라탔다.

변동호는 눈살을 살짝 찌푸렸지만, 별말 없이 눈을 감으며 두 구의 시신 이마에 손을 얹었다.

"세상의 반대에서 공명정대함을 펼치시는 명계의 지배자시여."

변동호는 몸을 바르르 떨었다.

그리고 그의 목소리는 점차 음산하게 바뀌어 갔다.

"감히 미천한 제가 왕 중의 왕에게 간청하오니……."

목소리에 이어서 눈이 뒤집혀 새하얗게 변했다.

"제가 감히 그 이름을 부를 때 이 두 남자의 혼백을 제 앞에 나타나도록 해주소서."

그는 의사인 동시에 신기를 타고난 초혼술사[1]였던 것이었다.

스스슷―

그러자 두 구 시신의 백회혈 주위로 뿌연 연기가 만들어졌다. 그 연기는 반투명한 사람으로 변했다. 놀랍게도 반투명한 혼백은 다름 아닌 죽은 두 명의 국정원 요원이었다.

강제로 혼백을 깨운 변동호는 죽었을 당시의 상황을 캐물었다.

하지만 이내 그의 눈가에 마뜩잖은 감정이 깊은 주름으로 표현되었다.

시간이 제법 흘러 혼백의 기억이 많이 사라졌기 때문이었다.

자신의 혼력이 높다면 그들의 기억을 강제로 끄집어낼 수 있었지만 아쉽게도 자신이 타고난 혼력은 그다지 높지 않았다. 초혼술의 능력도 온갖 보구와 부적을 이용해 겨우 끌어올린 것에 지나지 않았다.

그래도 얻은 것이 아주 없지는 않았다.

"꺼져라!"

변동호는 불러낸 혼백을 다시 재우며 재빨리 품에서 부적 한 장을 꺼내 입에 물었다.

"옴 마니반메훔(唵 麼抳鉢銘吽)~ 옴 마니반메훔~."

변동호는 옴 마니반메훔 부적[2]에 육자대명왕진언(六字大明王眞言)[3]으로 상처 난 혼력을 다스렸다.

"끄으—."

변동호의 미약한 신음이 흘러나오는 동시에 부적이 화르륵 불에 타며 사라졌다.

"후우—."

변동호는 깊게 숨을 내쉬며 마스크를 벗었다.

그의 얼굴은 땀으로 흠뻑 젖어 있었다.

"알아낸 것은?"

오성식 과장은 변동호에게 수고했다는 말 한마디 없이 곧바로 결과를 물었다.

"제법 시간이 흘러 많은 것을 알아내지 못했지만……."

"사족은 제하고."

변동호의 눈썹이 꿈틀거렸다.

"범인은 박현. 이번에 죽은 강철민 팀장 소속 팀원이었습니다."

"이었다? 그리고?"

"죽은 사인은 보신 바와 같이 목을 부러트렸고, 두 요원의 기억도 똑같았습니다."

"이면의 흔적은?"

"일단 끄집어낸 기억에는 없었습니다."

"적어도 이면은 아니라는 것이로군."

오성식 과장이 고개를 주억였다.

"일단 제가 알아낸 바는 그렇습니다."

변동호는 확신하지는 않았다.

"박현, 박현이라……. 미친 새끼 하나 때문에 이 무슨 짓인지. 쯧."

오성식 과장은 혀를 차며 봉고에서 나갔다.

그가 나가고 변동호는 실소를 터트렸다.

말은 저렇게 해도 어떻게든 승진하기 위해 온갖 아부와 잡일을 나서서 맡는다는 것을 모를 리 없었기 때문이었다.

"뭐 내 알 바는 아니지."

변동호는 봉고에서 내리며 차를 손바닥으로 쳤다.

"철수하자!"

*　　　*　　　*

"누군지 알겠어?"

박현은 박수무당 조완희에게 몽타주를 내밀었다.

조완희는 몽타주를 보자마자 눈살을 찌푸렸다.

아는 인물이라는 뜻.

"이자는 왜?"

조완희는 다시 몽타주를 넘기며 물었다.

"누구지?"

"왜 묻는 건데?"

박현의 목소리가 심상치 않자 조완희는 다시 물었다.

"아는 형님이 이자의 손에 죽었다."

그 말에 조완희의 표정이 굳어졌다.

"이 새끼 아직 정신을 못 차렸구만."

"누구야?"

"보상(褓商)⁴⁾ 최가, 막내야."

"보상 최가?"

박현의 물음에.

"검계 역문 중 일문이야. 시초는 조선의 영남(嶺南) 보부
상단(褓負商團)⁵⁾ 중 봉화(奉化) 보상회(褓商會)이고."

"흠."

"영남그룹이라고 일반인한테는 잘 알려지지 않은 향토
기업 하나를 가지고 있어. 꽤나 알짜배기 회사이기도 하고.
하지만 그들의 진짜 힘은 정치력이야."

"……?"

"과거 양반들에게 하도 시달림을 많이 받은 터라, 해방 이후 이를 갈고 자신의 가문의 인물들뿐만 아니라 싹수가 보인 애들을 거둬 키운 후에 정계로 내보냈어. 그 힘이 차곡차곡 쌓였고, 현재 어느 누구도 무시할 수 없는 정치력을 가지게 되었고. 무력은 정통성이 없어 검계 내에서 뛰어나지는 않지만, 그 정치력에 상대하기에 상당히 껄끄러운 가문이지."

조완희의 설명에 박현은 눈매가 가늘어졌다.

"이 집 자체가 안하무인이라 아새끼들도 안하무인이기는 한데, 이 새끼가 가장 꼴통에 망나니지. 늦둥이에 오냐오냐 자란 데다가 최가라면 대구에서만큼은 왕족이나 다름없으니까."

"그렇단 말이지."

"그래서 어쩌려고?"

"뭘 어째? 눈에는 눈. 이에는 이지."

박현의 확고한 말에 조완희의 표정이 좋지 않았다.

"안 하면 안 되겠냐?"

"……?"

"이건 나도 너를 도와줄 수 없다. 자칫 검계 내 내전으로 번질 수도 있어."

"걱정 마라. 이건 내 싸움이니까."

"너를 못 말리겠지?"

조완희가 짧은 침묵 끝에 물었다.

"어."

박현의 대답은 확고했다.

"부적이나 많이 가져가라."

조완희는 쓴웃음을 지었다.

"고맙다."

♩ ♪~ ♩ ♪~ ♩~ ♫

이야기가 마무리될 무렵 스마트폰 벨이 울렸다.

'음?'

전화를 건 이는 과거 사수였던 경기 남부 지방 경찰청 수사과장 안필현 총경이었다.

『현아!』

전화를 받자마자 안필현 총경의 목소리가 터져 나왔다.

"네. 그 현이 여기 있습니다."

『너 이 새끼야. 너 무슨 짓을 저지르고 다니는 거야? 어?』

안필현 총경은 핏대를 세우며 소리를 질렀다.

"무슨 일 있습니까?"

『허어—, 무슨 일? 지금 그걸 나한테 묻냐?』

"모르니까 묻죠."

짐작되는 바도 없었다.

"도대체 무슨 일이기에 형님이 이렇게 소리를 치는 겁니까?"

『너 이 인마. 그게……, 하아―.』

전화기 너머로 깊은 한숨이 들려왔다.

『지금 무슨 일이 벌어지고 있는지…… 모르냐?』

"알면 이렇게 전화를 받고 있지도 않았겠지요. 무슨 일입니까, 형님?"

박현의 반문에 짧은 침묵이 이어졌다.

『너 체포영장에 지명수배 떨어졌다.』

"……죄명은요?"

박현의 목소리가 착 가라앉았다.

『국가 요인 살인에 국보법 위반.』

국정원에서 자신을 밝힌 모양이었다.

분명 실수 없이 처리했다 생각했는데.

하긴 국정원에도 이면의 인물들이 있다면 자신이 생각하지 못한 방법으로 찾았을 수도 있을 듯싶었다.

'너무 안이했어.'

『어떻게 된 거야?』

"강철민 팀장님 기억하시죠?"

『기억하지. 잘 지내시냐?』

"돌아가셨습니다."

『뭐?』

"팀원들 앞에서 팀장님 죽인 놈, 그 자리에서 국정원이 데려갔답니다. 서장이 인계해 줬고요."

『…….』

안필현 총경은 아무 말이 없었다.

"제가 말씀드릴 수 있는 건 여기까지입니다. 그리고 끊겠습니다."

수화기 너머로 무슨 말이 들렸지만 박현은 일방적으로 전화를 끊었다. 그리고 곧장 스마트폰 전원을 껐다. 지명수배가 들어갔다는 소리는 자신에 대한 모든 전산 기록이 체크된다는 이야기일 터.

자리에서 일어나는데 조완희가 제법 큰 목함을 내밀었다.

"……?"

"부적이다."

목함 크기를 봤을 때 상당량의 부적이 들어 있어 보였다.

"야, 박현."

박현이 돌아서는데 조완희가 다시 그를 불러세웠다.

"왜?"

"힘들면 전화해."

"왜, 도와주게?"

"까짓것 못 도와줄 것도 없지."

"내전이라며?"

"그냥 변덕이라고 생각해라."

박현은 조완희를 지그시 바라보았다.

조완희도 의미심장하게 박현을 쳐다보며 씨익 웃었다.

"지랄한다."

조완희를 홀로 두고 박현은 별왕당을 나갔다.

박현은 별왕당을 나오자마자 전화기를 담장 너머 자신의 집으로 던져버리고는 곧장 축지술로 뒷야산으로 올라갔다. 갑자기 뒤통수가 가려워 야산 밑 자신의 집을 쳐다보니 십수 명의 인물들이 은밀히 자신의 집을 에워싸고 있었다.

'바로 안 떴으면 곤란할 뻔했군.'

박현은 축지술로 빠르게 야산을 넘었다.

*　　　*　　　*

박현은 일산을 벗어나 파주 운정 신도시에 들어서며 아공간 주머니에서 또 다른 휴대폰을 꺼냈다.

전화기를 들다 문득 이상한 생각이 들었다.

일산 나이트클럽에서 일이 생기면 분명 양두희 회장이나

강두철 부회장에게 소식이 들어갔을 것이다. 그리고 당연히 자신에게도 연락이 왔었을 것이고.

그런데 연락이 없다?

"흠."

박현은 양두희에게 전화를 걸었다.

전화벨이 몇 번 안 울려서 그의 목소리가 수화기 너머로 들려왔다.

"나흘 전, 일산 나이트에서 무슨 일 일어나지 않았었나?"

『나이트에서 말입니까?』

짧은 반문 뒤에 수화기 너머로 며칠 전 나이트에서 특별한 일이 있었냐고 묻는 대화 소리가 들렸다.

『접니다. 특별한 일은 없었다고 합니다. 무슨 중한 일이라도 생긴 건지요?』

"음."

그의 목소리를 들건대 모르는 눈치였다.

"양 회장."

『예.』

박현의 목소리가 착 가라앉자 양두희의 목소리도 좀 더 무게가 실렸다.

"일산 나이트 클럽에서 우리 팀장님이 살해당하셨다."

『…….』

수호기 너머로 숨소리만 거칠어질 뿐 어떤 소리도 없었
다.

"밑에서 배신이 있었거나, 아니면 협박을 받았거나. 국
정원에서 일처리 했다고 하더군."

『어느 쪽이라도 배신입니다.』

"최면 같은 것은 방법도 있으니까 고려해 보고."

『일단 사건부터 알아봐야겠습니다.』

"다시 연락 주지."

박현은 전화를 끊으며 암호 가면을 다시 썼다.

암전으로 가기 위함이었다.

전화를 끊은 양두희는 마치 끈 떨어진 꼭두각시 인형처
럼 팔을 밑으로 툭 떨어뜨렸다.

그리고 초점 없는 눈으로 몸을 돌려 응접용 소파를 쳐다
보았다. 그곳에는 존재하지 않던 이가 오만한 자세로 앉아
있었다.

"흐음?"

그 행동에 앉아 있던 이가 자리에서 일어났다.

검은 정장, 국정원 요원이었다.

그는 양두희 앞으로 걸어갔다.

"누구?"

"……바, ……바, ……바."

양두희는 박현의 이름을 입 밖으로 꺼내려 했지만 무의식의 공포가 그걸 방해했다.

"어라?"

국정원 요원은 고개를 갸웃거리더니 턱을 쓰다듬으며 양두희의 두 눈을 지그시 쳐다보았다.

그의 눈동자는 공포에 젖어 흔들리고 있었다.

"어떤 놈이기에 최면을 이겨내지?"

국정원 요원은 상의 속주머니에서 자그만 케이스를 꺼냈다.

달깍.

케이스 안에는 주사기와 약병이 담겨 있었다.

국정원 요원은 익숙하게 주사기에 약물을 넣어 양두희의 팔에 주사를 놓았다.

"끄으으으."

양두희는 미약한 신음과 함께 몸에 힘이 풀려 바닥에 주저앉았다.

"읏차!"

국정원 요원은 재빨리 그를 부축해 소파로 옮겨 눕혔다.

딱딱—

국정원 요원은 양두희의 눈앞에서 손가락을 튕겼다.

"자, 통화한 이는 누구지?"

"……바, 바, 박…….."

양두희의 입에서 성까지 나왔지만 결국 이름은 나오지 않았다.

"이거이거."

국정원 요원은 몸을 일으켜 양두희의 얼굴에 자신의 얼굴을 가져갔다.

동시에 국정원 요원의 눈에 희미한 빛이 서렸다.

『영혼의 주인으로 묻는다. 누구냐?』

입을 통하지 않은 공명의 목소리가 양두희의 뇌로 스며들었다.

"으으으, 으아아악!"

그 명령은 양두희에게 엄청난 고통을 주었다.

"그대들이 감당할 수 없는 이들이 찾아와 나에 대해 묻는다면 그냥 말해 줘. 그리고 그렇다고 특별한 움직임을 보일 것은 없어. 그냥 하던 대로 해."

순간 양두희의 머릿속을 스쳐 지나가는 박현의 목소리.

그 말을 떠올린 순간 양두희의 표정이 가벼워졌다.

"박현. 박현입니다."

"박현?"

국정원 최면술사 요원은 어디서 들어본 이름에 고개를 잠시 갸웃거렸다.

"어라? 요놈 봐라."

이내 누구인지 떠올린 국정원 최면술사 요원은 흥미로운 눈빛을 띠었다.

"비리경찰이라 이거지? 잘 엮으면 재미난 그림이 나오겠는데."

더 알아볼까 했지만 더 나올 것도 없어 보였다.

'박현'의 이름에 국정원 최면술사는 양두희가 공포에 싸여 그의 이름을 쉽사리 내뱉지 못했던 상황을 그만 무심결에 넘겨버리고 말았다.

"나를 잊고 잠든다."

국정원 최면술사 요원은 스마트폰을 꺼내며 양두희 눈앞에서 손가락을 튕겼다.

국정원 최면술사 요원이 자리를 뜨고 얼마 지나지 않아 강제로 잠들었던 양두희가 눈을 번쩍 떴다.

그리고는 곧바로 전화를 들었다.

"대모님, 두희입니다. 죄송합니다, 그분의 이름을 지키지 못했습니다. 네네, 국정원입니다……."

"수고했어요."

안순자는 전화를 끊으며 폰을 책상 위에 올려놓았다.

"무슨 일이라도 있으세요?"

세월의 흔적을 고스란히 담은 중년 여성, 김말자가 인삼차를 내려놓으며 물었다.

"양 회장이 국정원에서 꼬리를 밟았다고 하구나."

"국정원이요."

"국정원에 우리 아이가 하나 있지?"

"하나만 있을까 봐요?"

김말자는 눈을 반달처럼 휘며 대답했다.

"나 하나 때문에 고생이 많구나."

"그러지 마세요. 저도 그날의 기억을 이었어요."

김말자는 한쪽 무릎을 구부려 안순자와 눈높이를 맞춘 후 그녀의 손을 부드럽게 어루만졌다.

"언니."

"응?"

"그러지 말고, 몇 년 만에 남으로 내려왔는데 오신 김에 오랜만에 형부 보러 가요. 언니가 가시면 형부도 좋아하실 거예요."

"……."

"네, 언니? 가요~."

김말자의 아양에 안순자는 잠시 그녀를 쳐다보다 희미한
웃음을 지으며 고개를 끄덕였다.

"그래, 가자. 그이가 좋아하던 소주랑 멸치무침 해서."

*용어

  1) 초혼술사: 초혼술, 죽은 자의 혼을 불러내는 동시에 굴복시켜 그의 입을 열게 만드는 술법. 그 술법을 행하는 자를 초혼술사라고 한다.

  2) 옴 마니반메훔 부적: '옴 마니반메훔'의 여섯 글자가 적힌 부적으로, 소원성취 및 호신을 위해 사용된다.

  3) 육자대명왕진언(六字大明王眞言): 불교의 중요한 진언 중 하나. '옴 마니반메훔'의 여섯 글자로 관세음보살의 자비를 뜻하며, 이 주문을 외우면 모든 죄악이 소멸된다 여긴다.

  4) 보상(褓商): 보부상의 보상.

  5) 보부상단(褓負商團): 조선 시대, 봇짐이나 등짐으로 유통업에 종사한 상인. 보부상은 보상과 부상을 총칭하는 말로, 보상은 사치품 등 크기가 작고 비싼 것을, 부상은 크기가 크고 값싼 생필품 위주의 물건을 취급했다. 또한 보상은 물건의 크기가 작아 보자기나 질빵을 걸머지고 다녔기에 '봇짐장수'라 불렸고, 부상은 지게에 물건을 얹어 다니며 판매를 했기에 '등짐장수'라 불렸다.

3장

암전에 들린 박현은 곧장 '퐁'으로 향했다.

"어서 오시오."

노 사장의 말에 박현은 암호 가면을 살짝 벗어 얼굴을 보였다.

박현은 미소로 인사를 대신하며 다시 가면을 썼다.

"요즘 떠들썩하던 암호가 당신이었군."

노 사장은 목소리를 낮췄다.

"그래, 얼굴을 보여주려고 온 건 같지 않고."

"신체를 변형시키는 기물(奇物)이 있습니까?"

"뭘 그렇게 어려운 단어를 써. 아이템이라고 하면 되지."

"어쨌든."

"그거 일반인한테나 통해. 급수 낮은 이들에게도 통하기는 하지만 그다지 효용은 없소만."

"괜찮습니다. 몇 개나 있습니까?"

박현의 말에 노 사장은 약처럼 생긴 자그만 종이상자 2개를 꺼냈다.

"이거는 같은 모습으로, 이거는 각각 다른 모습으로. 한 박스에 열 알이니까 무얼 사든 부족하지는 않을 거요."

박현은 각기 다른 2종류의 약을 내려다보며 고민에 잠겼다.

"일단 동일 변신약은 키는 10cm가량 줄여주고 얼굴 형태도 변형시켜 주오. 그리고 이거는 완전 랜덤이고. 다만 주의 사항이라면 이면의 힘을 쓰면 변형이 깨지오."

박현은 고개를 끄덕였다.

"2개 다 주십시오."

박현은 값을 치르고 나오며 한설린에게로 전화를 걸었다.

《안 그래도 통화가 안 돼서 걱정하고 있었어요.》

전화를 받자마자 한설린의 말이 속사포처럼 쏟아졌다.

"대구에 안가(安家) 하나 마련해줘."

《대구요?》

"팀장님을 죽인 놈이 보상 최가 막내놈이야."

《보상 최가?》

"영남그룹."

《아!》

한설린도 아는 모양이었다.

"최경엽이라고 하더군."

《보지는 못했지만, 누군지는 알아요. 재계에서도 망나니로 소문이 자자해요.》

"시선이 많지 않은 곳으로 해줘."

《오늘 안으로 연락드릴게요.》

"그래."

박현은 통화를 마치고 암전을 나왔다.

* * *

대구광역시 동성로.

번화가에서 살짝 비켜간 곳에 자리한 오피스텔.

지은 지도 오래되었고, 특별히 눈에 띄는 구석도 없는 흔하디흔한 오피스텔이었다.

매부리코에 찢어진 눈, 인상 전체가 날카롭고 170이 조금 안 되어 보이는 사내가 엘리베이터를 타고 15층 21호로 들어갔다.

오피스텔 집으로 들어간 사내는 단출한 원룸 내부를 쭉 훑어보았다.

누군가가 살던 흔적이 곳곳에 배어 있었다.

"확실히 이런 방면에서는 능력이 좋군."

괜히 재계의 재벌이 아니었다.

반나절도 안 돼서 한설린은 깔끔히 오피스텔 하나를 마련해 놓았다.

박현은 커튼을 살짝 젖혀 100m 떨어진 곳에 우뚝 솟은 영남그룹 빌딩을 쳐다보았다.

박현의 눈은 영남그룹 빌딩 뒤로 향했다.

대략 300여 미터쯤 떨어진 곳에 수십 채의 단독주택들이 옹기종기 모여 있었다.

보상 최가의 집성촌.

조완희의 말을 빌리자면 평범하게 보이는 집성촌이지만 요새라고 봐도 무방하다고 했다.

확실히 평범한 주택가처럼 보이지만 상당히 길이 좁고, 마치 거미줄처럼 얼기설기 얽혀 있어 시원하게 쫙 뻗은 길은 없었다. 길목을 차단해 방어하기에도 좋고, 몰이를 통해 섬멸하기도 좋아 보였다.

'쉽지 않겠군.'

집성촌으로 들어가 그의 목을 베기에는 불가능에 가까웠

다.

굳이 위험을 쓰고 들어갈 필요는 없었다.

술 좋아하고 여자 좋아하는 놈이니, 상시 밖으로 돌 터.

'일단 너부터 죽인다.'

박현은 막내 최경엽을 머릿속에 떠올렸다.

어려운 일일수록 천천히 눈앞의 것을 치워나가면 된다.

＊　　　＊　　　＊

"그래, 알았어."

박현은 한설린의 전화를 받고 오피스텔에서 나와 대구
모처의 나이트클럽으로 향했다.

둥둥— 둥둥— 두두둥—

들어서자마자 귀가 먹먹할 정도로 음악이 울렸고, 강렬
한 베이스음이 몸을 때렸다.

"몇 분이 오셨습니까?"

"룸."

모습이 변화한 박현은 거만하게 턱을 살짝 들었다.

웨이터는 습관적으로 박현의 몸을 빠르게 훑었다.

그 행동에 박현은 피식 웃으며 오만 원권 지폐를 서너 장
쯤 꺼내 웨이터 상의 포켓에 쑤셔 넣었다.

"이쪽으로 오십시오!"

웨이터의 목소리가 금세 바뀌었다.

박현이 입은 옷이 명품이었을 뿐 아니라 손도 넉넉하다는 것을 단번에 파악한 이유였다.

"그나저나 우리 형님, 이 홍길동이를 선택해 주신 건 탁월한 선택이십니다. 여기서 부킹하면 저 홍길동, 홍길동 하면 부킹 아니겠습니까!"

웨이터는 박현의 기분을 띄워주기 위해 온갖 미사여구를 섞어가며 박현을 룸으로 안내했다.

"그나저나 어떤 술을 드실 건지……."

박현이 미간을 찌푸리자 웨이터는 허리를 직각으로 숙였다.

"죄송합니다. 하지만 VIP룸이 마침 하나 비어서 물어봤습니다."

순간 박현의 눈빛이 반짝였다.

"그냥 젤 비싼 걸로 가져와."

"역쉬 그럴 줄 알았습니다. 이쪽으로~."

웨이터는 2층이 아닌 3층으로 박현을 안내했다.

3층에 올라서자 문이 딱 2개 있었다.

"뭐야, VIP룸이 2개야?"

"아이고, 사장님. 저희도 먹고 살아야죠. 헤헤헤."

박현에 목소리에 짜증이 담기자 웨이터는 급히 비굴한
자세로 허리를 굽실굽실했다.

"대신 최고의 멋진 부킹으로 모시겠습니다."

"새끼."

박현은 허리를 숙인 웨이터의 목을 턱 치며 VIP룸으로
들어갔다.

VIP룸에 들어서자 가장 먼저 눈에 들어온 건 벽면 하나
를 가득 채운 유리창이었다. 투명한 유리 너머로 화려한 조
명과 음악에 몸은 내던지고 춤을 추는 군상들이 눈에 훤히
들어왔다.

아래서 위를 흘깃 흠모하는 눈빛들. 올라가고 싶은 욕망.

그러한 것들을 눈 아래로 내려다보는 자리.

"금방 준비하겠습니다."

웨이터가 밖으로 나가고, 박현의 눈빛이 싸늘하게 바뀌
며 벽으로 가로막힌 옆방을 쳐다보았다. 누구나 유리창 앞
에서 그런 우월함을 느낄 법하지만 박현은 그곳에는 눈길
한 번 주지 않고 옆방과 붙은 벽으로 다가섰다.

박현은 벽에 등을 진 채 은밀히 기운을 풀었다.

우드득—

동시에 박현의 얼굴과 체형도 제 모습을 찾아가기 시작
했다.

'역시.'

박현의 미간에 주름이 그려지면서 동시에 차가운 미소도 지어졌다. 주위에 이질적인 기운이 느껴졌던 것이었다. 좀 더 그들을 살피고 싶었지만 자칫 자신의 존재를 들킬 수 있어 빠르게 기운을 갈무리했다.

'넷.'

일단 확인한 이면의 존재들의 수.

하지만 더 많을 것이다.

적어도 이곳은 보상 최가의 안방이니.

박현은 재빨리 다시 약을 입 안으로 털어 넣으며 화장실로 향했다.

"사장님."

화장실 문 밖으로 웨이터의 목소리가 들려왔다.

박현은 화장실 거울에서 변해가는 자신의 얼굴을 보며 소리쳤다.

"화장실에 있다. 대충 깔아 놔."

"옙!"

박현의 목소리를 들은 웨이터는 더욱 큰 목소리로 씩씩하게 대답했다.

박현은 얼굴이 완벽하게 변하자 대충 허리춤을 추스르는 흉내를 내며 밖으로 나갔다.

테이블 위에는 술과 안주들이 화려하게 깔려 있었다.

"야, 홍길동."

박현은 자리에 앉으며 손을 까딱거렸다.

"예, 사장님."

박현은 5만 원권을 두어 장 테이블에 던졌다.

"시간 걸려도 괜찮으니까 무조건 괜찮은 애로 데려와."

웨이터는 재빨리 테이블에 놓인 돈을 스윽 챙기며 허리를 넙죽 숙였다.

"무조건 최고로 쭉쭉 빵빵한 애들로 데려오겠습니다."

박현이 술잔을 들며 손을 휘젓자 웨이터는 허리를 넙죽 숙이며 방을 나갔다. 박현은 바로 고개를 돌려 유리창 너머 무대를 내려다보았다.

자신을 담당하는 웨이터의 모습이 보였다.

'시작해 볼까?'

박현은 독한 위스키를 한 모금 마신 후 자리에서 일어났다.

조용히 문을 열고 자그만 복도로 나왔다. 철저하게 이동을 제한하는 3층인 만큼 복도에는 아무도 없었다.

박현은 아공간에서 다른 모습으로 변화시키는 변신약을 한 알 꺼냈다. 그리고 일처리가 끝나자마자 깨물어 삼킬 요량으로 잇몸 사이에 꼈다.

이어 가죽장갑을 끼고 날카로운 단도를 움켜잡았다.

"후우—."

박현은 깊게 숨을 들이마신 후 짧은 도약으로 방문을 걷어찼다.

콰직— 쾅!

방문은 힘없이 떨어져나갔다.

박현은 빠르게 방 안을 살폈다.

방 안에는 술과 여자에 취한 최경엽이 앉아 있었고, 그의 옆에는 두 명의 여자가 반쯤 벗은 몸으로 엉겨붙어 있었다.

"뭐야?"

최경엽은 얼굴을 찡그리며 험악한 목소리로 소리쳤다.

박현은 단걸음에 탁자 위로 뛰어올라가 그를 향해 단도를 찔렀다.

"뭐야, 이 새끼는?"

"꺄악!"

"꺄아아!"

최경엽은 두 여자를 옆으로 밀치며 단도를 한 손으로 움켜잡았다.

카드득!

단도는 그의 손 안에서 한 치도 나가지 못했다.

"너 뭐하는 놈이야?"

최경엽은 입술을 슬쩍 핥으며 히죽 웃었다.

오만은 방심을 불러오고, 방심 뒤에는 죽음의 미소가 웃고 있다.

이면에 살면서 이런 오만과 방심이라니.

그저 감사할 따름이다.

히죽.

"나?"

맨손에 잡힌 칼, 그 칼에 흔들리던 눈동자가 거짓말처럼 멈췄다. 이어 검은 눈동자에 황금빛 신기가 일렁이며 입술에 차가운 웃음이 그려졌다.

두둑— 두두둑!

그렇게 최경엽이 방심한 사이 박현은 신기를 풀어내며 왼손 엄지로 그의 눈을 찔렀다.

"악!"

최경엽이 비명과 함께 양손으로 눈을 감쌌다.

푹!

박현은 빠르게 최경엽의 심장에 단도를 꽂았다.

"컥!"

최경엽은 고통에 눈이 뒤집어지며 손을 뻗어 박현의 상의를 움켜잡았다.

콰득!

박현은 심장에 박힌 단도를 비틀었다.

"컥!"

최경엽이 비명을 터트리며 몸을 부르르 떨었다.

박현은 아공간에서 장검을 꺼내 단칼에 그의 목을 날려 버렸다.

툭—

박현은 바닥으로 떨어진 그의 수급을 재빨리 비닐 가방에 넣어 아공간 가방에 넣었다.

"꺄아아악!"

"꺄아악!"

최경엽의 목이 잘리자 겁에 질려 오들오들 떨고 있던 여자 둘이 비명을 질렀다.

사사삭—

동시에 은밀한 기운이 빠르게 다가오는 것이 느껴졌다.

와장창창창!

박현은 머리 잘린 최경엽의 몸을 아래 나이트클럽 무대가 훤히 내려다보이는 유리창으로 집어던졌다.

파삭!

박현은 피 묻은 옷을 찢으며 축지로 나이트클럽 무대 군중 속으로 몸을 날렸다. 동시에 잇몸 사이에 끼워둔 알약을 혀로 꺼내 깨물었다.

　　　　*　　　*　　　*

　♩♪～ ♩♪～ ♩♪♪～

흥겨운 음악과,

둥― 둥― 두두둥!

흥을 더하는 울림의 무대에서 원을 그려놓고 신나게 춤을 추던 남녀들 사이로 무언가 묵직한 것이 떨어졌다. 동시에 축축한 물기가 그들의 머리카락과 얼굴, 옷에 묻었다.

"에이, 씨. 더럽……, 꺄아아아악!"

피를 뒤집어쓴 친구의 모습, 그리고 발에 차이는 목 없는 시신이 여자의 눈에 들어왔다. 그녀는 눈앞에 펼쳐진 공포를 이기지 못하고 소리를 질렀다.

비단 그녀뿐만 아니었다.

"꺄아악!"

"으허어억!"

그녀와 함께 어울리던 이들도 저마다 비명을 지르며 머리 없는 시신에서 떨어지기 위해 안간힘을 쓰며 뒤로 물러났다.

"꺄아아악!"

"머, 머리! 으하악!"

"사, 살인이다!"

"으아아악!"

나이트클럽이 아수라장이 되는 건 한순간이었다.

시신을 보자 도망치기 위해 남녀 가릴 것 없이 뒤엉켰고, 엉킴은 더욱 큰 혼잡과 혼란을 가져왔다.

그런 혼란을 가장 먼저 알아차린 이름 모를 DJ가 음악을 껐고, 조명을 밝게 만들었다.

밝아진 조명으로 인해 무대를 적셔가는 빨간 피와, 그 피 웅덩이 중앙에 쓰러진 목 없는 시신은 단숨에 사람들의 눈을 사로잡아 버렸다.

그러자 나이트클럽은 더욱 큰 혼란으로 빠져들며 모든 사람들이 일제히 나이트클럽을 빠져가기 시작했다.

그 혼란 속에 박현도 있었다.

박현의 옷차림은 조금 전 정장과 전혀 다른, 어디에서나 볼 법한 심플한 캐주얼 차림이었다.

"아악!"

"비켜!"

"나가지 않고 뭐해요!"

"사, 살려—."

사람들은 서로 밀고 당기고, 그러다 넘어지고.

나이트클럽 입구는 비명과 짜증, 혼란으로 뒤덮여 아수

라장이 따로 없었다.

박현은 인파에 파묻혀 떠밀리듯 힘겹게 나이트클럽을 나올 수 있었다.

"후우——."

박현은 나이트클럽에서 팽팽하게 끓어오르는 살기에 입꼬리를 말아 올리며 빠르게 그 자리를 벗어났다.

* * *

TV에서 볼 법한 으리으리한 서재에 머리가 희끗한 노인, 보상 최가의 가주 최치영이 앉아 있었다.

80이라는 나이가 믿기지 않게 눈에 총기가 돌 뿐만 아니라, 자글자글거리는 주름에 비해 혈색도 좋고, 백발이었지만 윤기도 흘렀다. 또한 살집도 넉넉해 풍채가 좋아 보였다.

다만 흠이라면 도톰한 뺨이 아래로 쳐진 것이 욕심이 다분해 보이는 정도였다.

"이것 좀 드세요."

그런 그의 곁에서 사과 하나를 포크에 찍어 시중을 드는 여인이 있었다.

나이는 마흔둘이었지만 서른 중후반으로 보일 정도로 한 미모를 뽐내는 그녀는, 김윤옥이라는 이름을 가진 미스 경

북 진 출신으로 최치영의 셋째 부인이자, 막내 최경엽의 생
모였다.

최치영이 사과를 한 입 베어물 때였다.

똑똑.

서재 문에서 문기척이 울렸다.

"들어와."

최치영의 허락이 떨어지자 말끔한 정장 차림의 오십을
갓 넘긴 집사가 안으로 들어왔다.

"무슨 일인데 표정이 그 모양이야?"

최치영은 표정이 좋지 않은 집사 얼굴에 걸걸한 목소리
로 물었다.

"대, 대방[1]님."

"강 집사."

최치영의 목소리가 올라갔다.

"마, 막내 도련님께서 ……돌아가셨습니다."

강 집사는 힘겹게 말을 내뱉었다.

땡그랑—

그 말이 끝나기가 무섭게 김윤옥의 손에 쥐인 포크가 바
닥으로 떨어져 내렸다.

"뭐?"

당연히 최치영의 목소리도 험악할 정도로 커졌다.

그의 목소리에 방 안의 공기는 싸늘하게 식어버렸다.

"조금 전 경엽 도련님께서 정체를 알 수 없는 자에게 죽음을……."

콰앙— 콰지쾅!

최치영이 탁자를 내려치며 자리에서 일어났고, 원목 탁자는 두 쪽으로 부서졌다.

"아—."

김윤옥은 미약한 신음과 함께 의자에서 굴러떨어졌다.

"누구 없는가?"

강 집사는 고개를 돌려 방문 밖에서 대기하고 있는 도우미를 불렀다.

"어서 사모님을 방으로 뫼시게."

도우미 둘은 최치영의 눈치를 살피며 김윤옥을 업고 서재를 나갔다.

"크으음!"

최치영은 마치 짐승이 으르렁거리는 것처럼 신음을 흘렸다.

"어떤 놈이야!"

겨우겨우 화를 억누르며 물었다.

"아직 밝혀진 바는……."

"이 새끼야, 너 지금 그걸 말이라고 내뱉는 거야?"

최치영은 강 집사를 향해 노기를 터트렸다.

강 집사는 몸을 한껏 움츠리며 전전긍긍했다.

"잽이[2] 손 도방 들라고 해!"

"예, 옙."

강 집사가 허둥지둥 방을 나가자.

"빨리 부르러 나가지 않고 뭐하나?"

쾅!

그런 강 집사의 등 뒤로 크리스털 재떨이가 날아와 벽을 부수며 꽂혔다.

강 집사가 허겁지겁 서재를 나가고 최치영은 다시 의자에 털썩 앉았다.

빠드득.

이를 가는 최치영의 눈이 벌겋게 달아올랐을 뿐만 아니라, 그가 앉아 있던 의자의 손잡이가 종잇장처럼 구겨졌다.

십여 분 후쯤.

잽이 도방 손학규가 서재로 들어섰다.

"누구야?"

최치영은 앞뒤 자르고 물었다.

"일단 흔적을 쫓고 있습니다."

아직 잡지 못했다는 말.

"그래도 짐작이 가는 놈은 하나 있습니다."

"어떤 놈이지?"

최치영의 눈에서 시퍼런 살심이 흘러내렸다.

"박현이라는 형사입니다."

"형사?"

"며칠 전, 막내 도련님께서 한 강력반 팀장을 하나 죽였습니다."

"그 아랫놈이야?"

"마침 휴식계를 낸 놈이었는데, 혹시나 싶어 붙여둔 국정원 요원 둘을 죽이고 잠적한 놈입니다."

"그놈, 우리 쪽이야?"

이면인이냐는 물음.

"파악하기로는 아닌 걸로 알고 있습니다."

"그런데 그놈이 우리 엽이를 죽여?"

최치영은 기가 막히다는 눈으로 손학규 도방을 쳐다보았다.

"그가 순수한 일반인이라면 어려운 일입니다만, 모든 정황이 그를 향하고 있습니다. 해서 여러 각도로 알아보고 있습니다. 오성식 과장에게도 협조 요청을 했습니다."

"오성식?"

"국정원 8팀 과장입니다."

"엽이는?"

"일단 지하실로 뫼셨습니다."

그 말에 최치영은 서재를 나와 성큼성큼 지하실로 발걸음을 옮겼다.

지하실에는 중앙에 관 하나가 덩그러니 놓여 있었다.

관을 보자 최치영의 발걸음이 뚝 멈췄다. 그의 발이 몇 차례 움찔움찔거렸다.

냉정하다 못해 냉혈한 그였지만 그도 한 아이의 아비였던지 차마 발걸음이 떼어지지 않는 모양이었다. 한참이나 망설이던 최치영은 겨우 걸음을 떼 관 앞에 섰다.

망설임은 그걸로 끝이었는지 머뭇거림 없이 관 뚜껑을 열었다.

"흡!"

최치영의 눈이 부릅떠지며 눈에 핏발이 섰다.

목 없는 시신.

오늘 낮에 밖으로 그만 좀 나돌라고 혼을 내지 않았다면, 입고 있는 이 옷마저 못 알아봤을 것이다.

콰직!

관을 움켜쥔 손아귀에 관짝이 으스러졌다.

"살아서 데려와. 내 눈앞에."

"예, 대방 어르신."

손학규 도방이 지하실을 나가고.

"집사 있나?"

"예."

"관이 이게 뭔가? 최고급으로 준비해."

최치영의 목소리는 착 가라앉아 있었다.

"나가봐."

축객령이 내려지자 강 집사는 서둘러 지하실을 나갔다.

아무도 없는 지하실.

최치영은 다리에 힘이 풀린 듯 피비린내가 풍기는 관짝을 잡은 채 주저앉았다.

"끄윽─, 끅─, 끄으으으!"

그가 겨우겨우 참고 있던 울음을 터트렸다.

그런 그의 몸에서 은은하지만 시퍼런 살기가 피어났다.

＊　　＊　　＊

박현은 대구역 역사 공중전화 박스에서 수화기를 들었다.

손으로 익숙하게 번호 자판을 눌렀다.

몇 번 통화음이 흐르고.

딸깍.

《네, 강력1팀 수사관 황원갑입니다.》

"접니다."

《……현이냐?》

잠시 침묵 후, 속삭이듯 소리를 죽인 황원갑 형사의 목소리가 들려왔다.

"철민이 형님, 어디다 모셨습니까?"

《파주에 있는 납골당에 모셨다. 그나저나 범인은 좀 찾아봤…….》

달깍.

박현은 그의 말을 끝까지 듣지 않고 조용히 전화를 끊었다.

*   *   *

납골당 차가운 대리석 바닥에 검은 상복을 입은 강철민의 부인이 넋이 나간 얼굴로 주저앉아 유리 너머 환하게 웃고 있는 강철민 팀장의 얼굴을 쳐다보고 있었다.

저벅 저벅 저벅—

발자국 소리에 그제야 정신을 좀 차린 듯 그녀가 힘없이 고개를 돌렸다.

"……현이?"

모자에 가려졌지만 그녀는 박현을 용케 알아보았다.

"잘못 보았습니다."

박현은 그녀의 시선을 피하며 강철민 납골 앞에 섰다.

"늦어서 죄송합니다, 형님."

박현은 담배 두 개를 꺼내 불을 붙인 후 하나를 그의 납골함 앞에 놓았다. 그리고 아공간에서 비닐가방을 꺼냈다.

뚝— 뚝—

비닐가방에서 최경엽의 머리를 꺼내자 피가 바닥을 적셔 나갔다.

"이제 그만 편히 눈 감으시면 좋겠습니다."

박현은 강철민 팀장의 사진을 향해 허리를 숙였다.

"이, 이……."

강철민의 부인은 뭔가 말을 하려다가 모자챙에 가려진 박현의 눈빛에 입을 닫았다. 그녀는 평생을 형사의 남편으로 살아왔다.

지금 피가 떨어지는 수급, 그리고 박현의 행동.

그게 무엇을 뜻하는지 못 알아차릴 바보가 아니었다.

잔인한 수급 앞에서도 그녀는 웃을 수 있었다.

"고마워."

입술만 살짝 달싹거리며 들릴 듯 말 듯 읊조렸다.

"사람을 잘못 보신 거 같습니다."

박현은 무뚝뚝하고 사무적으로 말을 하며 몸을 돌렸다.

"형수님."

그리고 조용히 그녀의 귀에 들릴 듯 말 듯 읊조렸다.

박현은 담배 연기를 내쉬며 납골당을 나갔다.

쏴아아아아—

납골당을 나서니 먹구름 가득하던 하늘이 어느새 비를 쏟아내고 있었다.

"후우—."

박현은 담배를 한 모금 깊게 마신 후 바닥에 꽁초를 버리며 발로 비벼 껐다.

"……!"

그리고 다시 걸음을 내디디려던 박현의 발이 멈췄다.

쏴아아아아—

장대비를 뚫고 살기가 운무처럼 짙게 깔리고 있었기 때문이었다. 그리고 그 살기는 자신을 향해 좁혀 왔다.

"그래도 며칠은 갈 줄 알았는데."

박현은 하늘을 올려다보았다.

"형님, 너무한 거 아닙니까? 그 새끼 목 하나로 좀 만족하지. 하여튼 욕심도 많아. 쯧."

혀를 차는 박현의 입가로 차가운 미소가 번져 갔다.

1) 대방: 조선 상단의 직위는 간략하게 대방 — 도방 — 대행수 — 행수 — 서기 — 사환으로 내려간다. 대방은 현재 그룹의 회장과 비슷하다 할 수 있다.

2) 잽이: 이 땅에 여러 이름으로 불린, 혹은 비슷한 유형의 맨손 무예가 존재한다. 서울 경기의 택견, 평양의 날파림(날파름), 항흥의 몽구리라 불리며 지역적 특성을 지니고 있다. 또한 그 흔적들이 남아 있는데 발과 손으로 차고 넘어뜨리는 전통 놀이로 전북에서는 '챕이', 황해도, 경상도에서는 '잽이' 혹은 '깔래기', 북에서는 '난다리', '칠래기' 등의 말들이 있다. 필자는 택견이라 알려진 형태의 무예의 놀이를 겸한 기초 수련이 아닐까 짐작해본다. 본 소설에서는 '잽이'를 차용해 보부상의 전승 무예로 설정하였다.

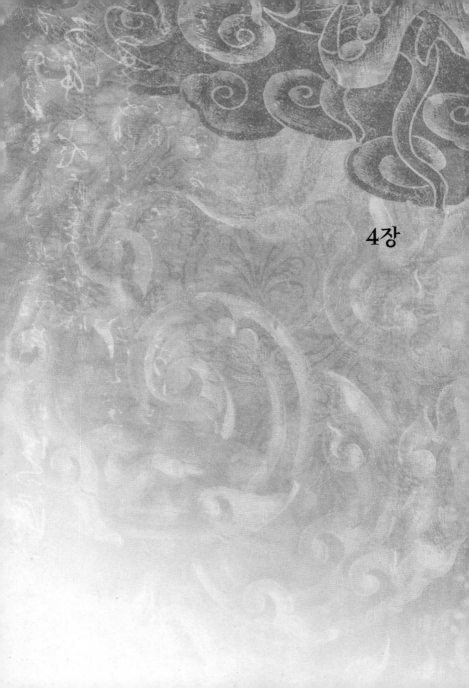

4장

쏴아아아아—

장대비 사이로 정장을 입은 사내가 우산을 쓰고 걸어오고 있었다. 바짓단이 비에 흠뻑 젖을 만도 한데 그의 옷은 물기 하나 젖어 있지 않았다.

박현은 그를 바라보며 담배를 하나 더 입에 물었다.

두세 모금 마셨을까, 사내가 박현 앞에 섰다.

"박현?"

그가 우산을 슬쩍 들어 눈을 마주하며 물었다.

자신을 알고 온 것이 분명했다.

박현은 담배 연기를 내뿜으며 씨익 웃음을 지어 보였다.

너무나도 여유로운 그 모습에 우산 속의 사내, 손학규의 미간이 좁아졌다.

"잽이 손 도방?"

박현의 입꼬리 한쪽이 씨익 올라가 있었다.

"나를 아는군."

손학규의 좁혀진 미간에 주름이 더욱 깊게 패였다.

"나를 안다면 숨은 세상에 대해서도 아는군."

"눈뜬장님이 아닌 이상에야, 대놓고 그렇게 지랄을 떨어 놓았는데 모를 리가 있나."

"말이 걸쭉하군."

손학규는 어이없다는 표정을 보였다가 이내 조소를 머금었다.

"괜찮아. 네놈들처럼 악취는 안 풍기니까."

박현은 담배를 손학규를 향해 툭 던졌다.

손학규는 옆으로 반 걸음 비켜 담뱃불을 피했다.

"이렇게 나오면 그다지 좋지 않을 텐데."

"어차피 좋게 나올 생각 없잖아. 뭘 그렇게 무안하게 구라를 쳐?"

"안에 있는 여인. 괜찮겠나?"

"형수?"

"그래."

"그다지 상관없는데."

박현이 신경을 쓰지 않는 눈치이자 손학규는 잠시 당황한 듯하다가 이내 피식 웃었다.

"허세는."

"나에 대해서 그다지 안 알아본 모양이네."

박현은 잠시 말을 멈추고 그와 눈을 마주했다.

"내가 형수를 지켜줄 이유는 없지. 내가 할 수 있는 일은 했으니까. 내 목숨까지 걸고 그녀까지 책임질 이유는 없잖아."

박현은 얕은 계단을 내려가 손학규 앞에 섰다.

쏴아아아아—

박현은 몸은 금세 빗물에 젖었다.

"그냥 네놈들 중에 두엇 더 죽여서 넋을 달래주는 게 나한테는 더 편해."

손학규는 빗물에 젖어가는 박현을 쳐다보았다.

"뭐— 그녀는 너희들이 알아서 하고. 아랫도리 정정한 노인네가 나 데리고 오라고 하디?"

"조용히 가줄 텐가?"

"기대도 안 했으면서. 왜 이래, 선수끼리."

손학규는 고개를 끄덕였다.

"그리고 미리 말하는데."

"……?"

"앞으로 벌어질 일들은 전부 너희들 책임이다."

"……?"

쐐애애액—

박현은 아공간 가방에서 단검을 꺼내 손학규의 목을 향해 휘둘렀다.

팟—

손학규는 재빨리 뒤로 몸을 젖히며 박현의 단검을 피했다.

파핫!

동시에 박현의 몸이 사라졌다.

비에 젖은 박현의 모습에 손학규는 저도 모르게 방심했다.

"쫓아!"

손학규는 얼굴을 일그러트리며 명령을 내리고는 허공으로 몸을 날렸다.

'확실히 축지를 모르는 모양이군.'

박현은 날제비를 연상시키는 보상 최가 잽이들의 몸놀림을 보며 웃음을 슬쩍 지었다.

"축지는 도력이 높아야 쓸 수 있어. 개나 소나 축지를 쓰면 그게 도술이겠어? 무예지."

조완희가 해줬던 말.

"축지는 신족 계열과 무문, 불가 정도만 쓸 수 있
어. 그렇다고 다 쓸 수 있는 건 아니고 도력이나 불
력이 높은 이들만 쓸 수 있지."
"그럼 검계 무인들은?"
"경공(輕功)."
"경공?"
"뭐 그냥 몸을 조금 가볍게 해서 빨리 달리는 기
법이야."

조완희와의 대화를 떠올리며 박현은 좀 더 편하게 도망
치듯 그들을 자신이 원하는 장소로 데리고 올 수 있었다.
박현이 자리를 잡고 선 곳은 다름 아닌 웨스트 돔 쇼핑가
중앙 광장이었다. 박현은 자신을 둘러싸는 기운들과 앞에
서 다가오는 손학규를 향해 팔을 힘껏 펼쳤다.
"좋지? 한 판 붙기에."
"너?"
손학규는 황당하다는 표정으로 박현을 쳐다보았다.
"절대의 규칙을 어길 셈인가?"
"그런 게 있었어?"

"……!"

빠드득

손학규는 박현을 보며 이를 갈았다.

"몰랐지만, 뭐 대충 어떤 건지는 알겠네."

"너를 곱게 죽이지 않겠다."

"언제는 곱게 죽이려고 했어?"

박현이 어이없다는 듯 빈정거렸다.

"네놈이 이곳을 빠져나가는 순간……."

박현은 손을 들어 손학규의 말을 가로막았다.

"누가 빠져나간대?"

"……!"

박현을 쳐다보는 손학규의 얼굴이 일그러졌다.

"그리고 너희들도 못 빠져나가."

파아앙—

박현의 몸에서 엄청난 투기가 살기와 함께 터졌다.

"이, 미, 미친!"

손학규는 '설마설마' 하다가 수천의 인파가 모여 있는 이곳에서 이면의 힘을 드러낼 줄은 몰랐는지 크게 당황한 기색이었다.

"크하아아아앙!"

박현은 진체를 드러내고는 포효하며 손학규와의 거리를

단숨에 좁혔다.

쑤아아악!

박현, 백호의 날카로운 발톱이 손학규의 머리 위로 수직으로 떨어졌다.

"헙!"

손학규는 헛바람을 들이마시며 양팔을 들어 박현의 발톱을 양팔로 막았다.

콰곽!

박현의 힘에 손학규의 발은 거리에 깔아놓은 장판석을 부수며 땅속으로 파묻히듯 들어갔다.

"미친 새끼."

박현의 공격을 겨우 막아낸 손학규의 목소리에는 당황함을 넘어 분노가 담겨 있었다.

『미친놈들은 내가 아니라 너희들이지. 특별한 힘이 있으니 세상이 다 만만해 보이지? 그리고 뭐? 내가 요인 암살에 국보법 위반? 내가 진짜로 보여줄게. 지금부터!』

"크하아아앙!"

박현은 풍차를 돌리듯 손학규를 향해 발톱을 세워 양 팔을 휘둘렀다.

퍼벅— 퍼버벅! 서거거거걱!

손학규의 양팔이 날카로운 발톱에 베여 피가 사방으로

튀었다.

"크합!"

이대로는 팔이 넝마가 될 거 같아 손학규는 몸을 뒤로 젖히며 내력을 최대한 폭발시켜 박현의 가슴을 발로 내찼다.

콰앙—

박현의 가슴에서 북소리가 터지며 그의 몸은 장판석을 깨트리며 뒤로 밀려났다.

"크르르르."

신음과 더불어 박현의 입가에 서늘한 미소가 그려졌다.

『이래야 재밌지, 안 그래?』

"철수해."

손학규는 박현을 노려보며 피가 뚝뚝 떨어지는 손을 들어 무전을 날렸다.

"오 과장, 뒤처리 좀 부탁하오."

『크크크크, 이렇게 못 가지. 수습이 안 될 정도로 놀아줘야하지 않아?』

박현은 다시 손학규를 향해 몸을 날렸다.

그에 맞춰 손학규도 몸을 회전시키며 박현의 턱을 향해 발을 차올렸다.

부우웅—

하지만 그의 발에 걸리는 것은 없었다.

"······!"

중앙로 양편으로 늘어선 쇼핑 건물로 뛰어드는 박현이 손학규의 눈에 들어왔다.

콰과광—

마치 폭탄이 터진 것처럼 인근 상가가 박현의 손에 부서졌다.

와장창창창!

상가 유리창이 깨지며 한 인형이 2층에서 바닥으로 처박혔다. 그는 보상 최가 잽이였다.

"크하아앙!"

그런 최가 잽이 위로 박현이 떨어졌다.

콰득!

박현은 잽이의 양 허벅지를 부수며 내려섰다.

"으아아아아악!"

그게 끝이 아니었다.

박현은 양팔로 그의 가슴을 갈기갈기 찢어버렸다.

피와 살점이 사방으로 튀었고, 최가 잽이는 고통에 몸부림치다가 축 늘어졌다.

죽음.

"크하아아앙!"

박현은 고개를 젖혀 포효하며 다시 반대편 상가로 몸을

날렸다.

"어서 피해!"

손학규가 무전을 날렸지만 국정원 오성식 과장의 무전이 뒤엉켰다.

《손 도방! 일을 어떻게 처리하는 것이오! 지금 이 상황을 정리할 수 있다 보시오!》

"부딪히지 말고 피해!"

손학규는 오성식 과장의 말을 무시하며 재빨리 무전을 보내며 박현을 저지하기 위해 달려들었다. 하지만 박현은 그를 피해 다른 곳으로 몸을 날리고 있었다.

*   *   *

"크하아아아앙!"

백호의 울음.

콰과과광!

부서지는 쇼핑몰 건물들.

사방으로 튀는 피.

일산을 대표하는 쇼핑몰이 한순간 전장으로 바뀌어버렸다. 그 와중에 인근에 모여 있는 인파들은 호기심 어린 눈으로 모여들어 하나같이 스마트폰을 꺼내 사진이며 동영상을 담기 바빴다.

쾅!

인근에서 지원하던 국정원 오성식 과장은 신경질적으로 미니밴 벽을 쳤다.

"무슨 일을 이렇게 처리하는 거야?"

그나마 다행이라면 그들의 싸움에 휩쓸린 민간인이 없다는 것이었다. 만에 하나 그들이 휘말린다면 그 후폭풍은 상상조차 하기 끔찍했다.

"1조."

《칙—. 예, 과장님.》

"영화 촬영으로 세팅해서 들어가!"

《알겠습니다.》

"나머지 조들은 어서 구경꾼들 정리해!"

《칙. 2조 카피!》

《칙. 4조 카피!》

《칙. 5조 카피!》

《칙. 3조 카피!》

무전을 날린 오성식 과장은 헤드셋을 거칠게 벗으며 으르렁거렸다.

"저 새끼, 내가 꼭 죽이고 만다."

오성식 과장은 모니터 화면에서 어지럽게 날뛰는 백호를

보며 이를 박박 갈았다.

*　　　*　　　*

콰앙!

보상 최가 잽이 하나가 박현, 백호의 일격에 가슴이 갈라져 피를 터트리며 벽에 부딪혔다.

"크르르르."

박현이 잽이에게로 뛰어들어 그의 목줄에 발톱을 휘두르려는 그때였다.

손학규 도방이 뛰어들어 박현의 옆구리를 발로 후려 찼다.

쾅— 우지끈— 와장창창창!

박현은 옆으로 밀려 상가 문을 부수며 쓰러졌다.

"크르르르!"

박현은 몸에 걸쳐진 문짝 잔재를 거칠게 벗어재끼며 낮게 울음을 내뱉었다.

『꼬랑지 말고 토낀 줄 알았는데..』

박현은 천천히 손학규 도방 앞으로 걸어 나갔다.

"너 지금 무슨 짓을 저지르는지 알기는 하나!"

『머리에 뇌가 없지 않은 이상, 잘 알지.』

심드렁한 박현의 대답에 손학규는 온몸을 부르르 떨었다.

"크르르."

『그냥 너희들은 좆된 거야.』

"너는 편히는 못 죽을 거다."

손학규.

『영남그룹이지?』

박현의 물음에 손학규의 몸이 움찔거렸다.

"너희들도 편하지 않을 거야. 크크크크크크!"

"너, 이……."

『너희들도 어디 당해 봐. 개 같은 상황을. 재미있을 거야. 아주─, 아주 많이─.』

박현은 또 다른 잽이의 기운이 느껴지는 곳으로 몸을 날렸다.

"크하아아아앙!"

박현의 울음이 웨스트 돔 쇼핑가를 울렸다.

＊　　＊　　＊

퍽!

구둣발 하나가 오성식 과장의 정강이를 때렸다.

"이 새끼야, 죽고 싶어? 제정신이야? 무슨 일을 그따위로 처리해?"

머리카락이 휘날리도록 욕을 퍼붓는 이는 오성식 과장의 직속상관인 8팀 팀장 전원책 과장이었다.

"이거 완벽하게 마무리 못 하면 사표 쓸 줄 알아, 알아들었어?"

전원책 과장은 서류철로 오성식 과장의 머리를 후려친 후 가슴에 던졌다.

"어서 나가서 처리하지 못해?"

이어진 폭언에 오성식 과장은 고개를 숙인 후 팀장실을 나왔다.

"하아—."

자신의 책상으로 돌아온 오성식 과장은 한숨을 푹 내쉬었다.

"진짜 뭐 같아서 못 살겠군."

오성식 과장의 입장에서는 억울하기 짝이 없었다.

중간책임자의 비애라고나 할까.

사고는 자신이 아닌 보상 최가에서 쳤다.

일단 현장은 겨우겨우 수습을 했고, 수습이 안 되는 이들은 최면술사들이 발에 땀이 나도록 뛰어다니며 적당한 기억 조작과 합의금을 주는 방식으로 보상하고 있었다.

그런 상황인데도 보상 최가 가주의 전화 한 통에 지랄 맞은 상사, 전원책 부장이 저 지랄을 떠는 거다.

뒷돈은 지가 챙기면서.

"니미럴."

오성식 과장은 담배를 입에 물었다.

"과장님, 여기 금연인데요."

사무직 요원인 이혜연.

"그래서? 너도 나를 갈구려고?"

"말이 그렇다는 거예요."

"나 지금 왕창―, 아니다. 하아―, 위에 찌르든 말든 네 맘대로 하세요."

오성식 과장은 짜증난 얼굴로 담배에 불을 붙였다.

"인터넷은?"

"삭제하기가 힘들어 일단 영화 촬영 현장 사고로 돌리고 있습니다."

이혜연은 담배 연기에 인상을 찌푸리며 대답했다.

"얼굴 마담이 있어야겠군."

"적당한 인물 몇 추려놨어요."

"누군데?"

오성식 과장의 말에 이혜연이 명단이 적힌 종이를 가져 왔다.

"마약하고 있는 감독과 미성년 성매매를 한 감독……."

"적당히 눈감아주고 금전적으로 조금만 보상해 주면 되

겠군. 할 수 있겠어?"

오성식 과장이 이혜연을 올려다보며 물었다.

"저 줄 거예요?"

이혜연의 표정이 환해졌다.

"일단 판 한번 짜서 가져와 봐. 나쁘지 않으면 진행시켜 줄게."

"이거 때문이에요? 저 치사하게 찌르고 안 그래요."

이혜연은 담배 흉내를 내며 눈을 새초롬하게 떴다.

"네가 찌른다고 내가 꿈쩍할 거 같냐?"

"하긴."

"전부터 판 한번 짜 보고 싶어 했잖아. 슬슬 때가 되었기도 하고. 싫으면 말고."

오성식 과장이 담배를 끄려 하자 이혜연은 재빨리 빈 종이컵을 내밀었다.

"어쭈."

"헤헤헤."

이혜연은 오성식 과장을 보며 배시시 웃음을 흘렸다.

"앞으로 편히 피세요. 대신 너무 자주면 안 돼요. 저 담배 연기 싫단 말이에요."

"아이구, 병 주고 약 주는구만. 상사를 가지고 놀려고 그래. 가서 판이나 잘 짜."

"옛, 썰!"

이혜연은 과장되게 거수경례를 하며 자기 자리로 돌아갔다.

"혜연아."

"예."

"변박 좀 오라고 해."

부검관 변동호 박사를 말하는 것이었다.

"변박이요?"

"왜요?"

"뭘 왜야. 반신인 줄 몰랐으니 조인트 좀 까여야지."

오성식 과장의 입꼬리가 살짝 말려 올라갔다.

*   *   *

퍽—

솥뚜껑 같은 손이 손학규 도방의 뺨을 후려쳤다.

우당탕탕탕—

손학규 도방은 넘어진 속도만큼이나 빠르게 자리에서 일어나 섰다.

"야, 손학규."

보상 최가 가주, 최치영이 손학규를 불렀다.

"예, 대방 어르신."

손학규 도방의 뺨은 벌겋게 부어올랐다.

"억울하냐?"

"아, 아닙니다."

손학규 도방은 한 치의 망설임 없이 대답했다.

"그럼 더 맞아야겠군."

퍽—

최치영은 손학규 도방의 뺨을 한 대 더 후려쳤다.

바닥에 쓰러지면서 손학규는 신음 한 번 흘리지 않고 다시 자리에서 일어났다.

"너 무슨 일을 이렇게 처리해."

"생각이 짧았습니다."

손학규 도방은 입안이 터졌는지 붉게 변해 있었다.

"내가 이런 일 하나로 온 사방에 전화를 돌려야겠어?"

"앞으로는 이런 일이 없도록 하겠습니다."

"잘하자."

"예."

최치영은 손바닥을 털며 자신의 자리로 가서 앉았다.

"드릴 말씀이 있습니다."

"뭔데?"

"그놈이 선전포고 아닌 선전포고를 했었습니다."

"뭐?"

조금 풀어졌던 최치영의 얼굴이 다시 일그러졌다.

"영남그룹을 직접적으로 언급했습니다."

"뭐어?"

최치영의 눈에 황당함이 떠올랐다.

"제 생각에 영남그룹 본사를 노골적으로 기습해 올 거 같습니다."

"지금 내가 잘못 들은 건 아니지?"

"예, 대방 어르신."

"뭐 이런 미친 새끼를 봤나."

"미친 정도가 아니라 머리에 나사 하나 빠진 돌아이 같 습니다."

손학규 도방은 박현을 잠시 떠올리며 머리를 절레절레 저었다.

"우리가 보상 최가이며, 국정원도 함께인데도?"

"……."

"그런데도 영남그룹을 노리겠다고 했다고?"

"예."

최치영의 입이 쩍 벌어졌다.

"그래서?"

"일단 영남그룹 주위로 잽이들을 풀어놨습니다."

"흠."

최치영은 일산 웨스트 돔 쇼핑몰에서 벌어진 일이 떠오르자 몸을 부르르 떨었다.

"검계에 미친놈에 대해서 알려야겠군. 일단 일이 커져도 면피는 해야 하니. 국정원에 언질을 넣어서 최대한 그 새끼 잡아. 살지도 죽지도 못하게 만들어버릴 테니."

최치영은 치욕감에 뺨을 부르르 떨며 명령했다.

"만반의 준비를 하겠습니다."

손학규 도방의 말에 최치영은 서탁 위 수화기를 들며 손을 저었다.

손학규 도방이 나가고, 벨소리가 짧게 흘러갔다.

달깍.

"계주, 나 최가요."

《오랜만이오. 잘 지내셨소?》

수화기 너머로 검계주 천검(天劍) 윤석의 묵직한 중저음 목소리가 들려왔다.

그의 안부를 묻는 말에 최치영의 눈가에 주름이 잡혔다.

"큼. 잘 지내지 못해 염치불구하고 전화를 드렸소."

최치영의 얼굴은 꼭 덜 익은 감을 씹은 것처럼 떨떠름했다.

《이런.》

"내 골치 아픈 놈을 만나서……."

《아—. 내 그 일은 전해 들어서 알고 있소.》

검계주 윤석은 이미 그가 무슨 일로 전화했는지 눈치를 채고 있었다.

"이야기하기 편하겠구려. 해서 말이외다."

《…….》

"그놈이 천방지축 날뛰지 못하게…….."

《아아. 내가 파악하기로는 그게 아닌 듯하오만.》

생각지도 못한 말에 최치영의 눈가가 씰룩거렸다.

《말을 끊어서 미안하오. 그런데 내가 듣기에 단순한 다툼인데 보상 최가에서 일을 크게 벌인 것이라 들었소만.》

"뭐요?"

최치영의 목소리가 대뜸 높아졌다.

《안 그래도 그 사안으로 검계 내에서도 불만이 제법 높소.》

"그 말 무슨 뜻이오?"

《특별한 뜻이 있는 건 아니외다. 다만.》

"다만?"

최치영은 겨우 정신을 부여잡으며 반문했다.

《앞서 말한 것처럼 너무 일을 크게 벌이지 말았으면 하오.》

"이면의 불문율을 깨는 것을 외면하겠다는 뜻이오?"

《어허, 최 가주. 가문의 복수에 검계를 가져가지는 마시

오. 잘 아시는 분이 그런답니까.》

"이! 이⋯⋯."

《일이 더 커지면 불이익이 갈 듯하오.》

"계주의 뜻이오?"

최치영의 목소리가 곱지 않았다.

《그럴 리가. 최 가주도 잘 아시지 않소. 이 몸이 검계에서 가장 힘이 없음을. 아니 그러오?》

"내 이 빚은 잊지 않겠소."

쾅!

최치영은 수화기를 전화기에 찍듯 내렸다.

퍼석!

전화기는 그의 힘을 이기지 못하고 부서져버렸다.

"이 씨발 새끼들. 감히 나한테 물을 먹여!"

그의 머리에 역발문을 대표해 문두(門頭)직을 수행하는 날파람 꼭두쇠[1] 심규호의 얼굴이 떠올랐다.

역발의 날파람은 남사당패[2]와 황해도 쪽 날파름[3] 주먹패가 합쳐져 만들어진 일문(一門)이었다.

남사당패는 자신들을 지켜줄 무력이, 주먹패는 안정되지만 자유로운 생활을 원했기에 둘은 자연스레 하나의 조직이 된 것이다.

날파람 초대 꼭두쇠는 날파름에 자유로운 바람의 느낌을

살려 날파람이라 명명하고, 이대 꼭두쇠가 날파름에 재주꾼 특유의 몸놀림을 섞어 특이한 무예를 만들어내며 하나의 일문을 개파하였다.

이후 세월이 흐르며 자연스럽게 남사당패들과 주먹패들을 흡수하며 특이한 일문으로 완성된 문이었다.

날파람과 보상 최가는 사이가 좋지 못했다. 특히 최근에 들어서서 둘 사이는 최악으로 치달을 정도였다. 과거 방랑벽에 세상을 떠돌 때는 사이가 그다지 나쁘지 않았지만 근대를 거쳐 현대로 넘어오며 둘 사이가 어긋나기 시작했었다.

보상 최가는 혈연으로 강력한 집단을 이루며 정치 및 사업으로 뛰어든 반면, 날파람은 과거의 전통을 이어 이게 과연 하나의 일문인가 싶을 정도로 자유분방하게 살아오고 있었다. 어떤 이는 남사당패의 뜻을 이어받아 전통 기예를 지켜나가는가 하면 어떤 이들은 국악의 길을 걷기도 했으며, 어떤 이들은 아예 연예계로 진출을 했고, 아예 용병처럼 낭인이 되어 떠도는 이들도 있었다.

그렇다 보니 조직도 엉성하기 이를 데 없었다.

모래알처럼 살아가지만 묘하게 그들의 응집력은 진흙보다 더 끈끈했다.

어찌 되었든.

보상 최가는 힘을 갖추자 여전히 구태의연한 그들을 비

웃었고, 날파람은 보상 최가를 졸부로 취급하며 둘 사이가 틀어져버린 것이었다. 그리고 그 정점은 오만한 최치영이 대방에 오르고, 연배는 한참 어리지만 자존심 센 심규호가 꼭두쇠에 앉으며 극에 달한 것이었다.

당연히 이 상황에서 최치영은 심규호를 떠올릴 수밖에 없었다.

"이 애송이 새끼. 결국 피를 보자 이거지?"

최치영은 뺨을 부들부들 떨었다.

*　　　*　　　*

스피커폰을 끊은 검계주 윤석이 전화를 끊으며 옆에 앉아 있는 한 노승을 쳐다보았다.

그는 불문의 문두인 만석 큰스님이었다.

검계주의 시선에 불문두 만석 큰스님은 고개를 돌려 신비선녀를 쳐다보았다.

"이제 만족하시는가?"

"감사해요, 큰스님."

신비선녀는 다소곳하게 인사를 올렸다.

"빈승은 이게 잘한 건지 모르겠구나."

"제자에게 큰 도움이 될 겁니다."

"그저 쓸 만한 기예 하나 가르쳐줬을 뿐이네."

"누구나 탐하는 기예를 제 신아들에게 가르쳤으니 당연히 스승으로 모셔야지요."

"나무관세음보살."

신비선녀의 미소에 만석 큰스님은 눈을 감으며 조용히 불호를 외웠다.

"너무 신경 쓰지 마십시오. 큰스님이 아니어도 언젠가 이런 일이 벌어졌을 겁니다."

아주 짧은 스포츠머리의 구릿빛 중년인. 그는 검문의 대표, 문도인 추풍검문[4]의 태대형[5] 고중영이었다.

"맞습니다, 큰스님. 보상 최가의 오만이 하늘을 찌릅니다. 이 기회에 한 번쯤 눌러둘 필요가 있습니다."

시원시원한 목소리. 그 목소리의 주인은 바로 역발문의 문두 날파람 꼭두쇠 심규호였다.

"심 꼭두쇠, 괜찮으시겠소? 그의 화가 정면으로 향할 수도 있소."

"어차피 터질 일, 괜찮습니다."

심규호는 어깨를 으쓱 들어올렸다.

"나무관세음보살."

"다시 한번 감사의 말씀을 전합니다. 그리고 이번 일은 농문두이신 박석기님께는 제가 말씀을 드리도록 하지요."

*용어

1) 꼭두쇠: 사당패(남사당놀이)의 우두머리. 꼭두쇠 아래로 부두목 격인 곰방이쇠 — 팀장급인 뜬쇠 — 평사원 격인 가열 — 신입사원 혹은 인턴 격인 삐리가 있다.

2) 남사당패: 남자만으로 구성된 풍물, 땅재주, 줄타기 대접돌리기 등을 펼치던 유랑 예인집단이다.

3) 날파름: 택견과 비슷한 종류의 무예로 평양도 인근에서 맨손 무예를 날파름(혹은 날파람)이라고 불렀다 한다.

4) 추풍검문: 추풍검술은 고려시대 때 검술이라고 구전되어 내려온다. 실체는 확인할 수 없다. 본 소설에서는 고구려 때부터 내려온 검술로 설정하였다.

5) 태대형: 신라의 화랑, 백제의 무절(싸울아비)와 더불어 삼국을 대표하는 무력집단인 조의선인의 수장의 호칭. 조의선인에 대해 알려진 바가 많지 않아 필자가 본 소설에서 가장 평이하게 태대형 — 대형 — 소형 — 선배로 직급으로 설정하였다.

5장

　잔잔한 호수가 내려다보이는 산중턱에 자리에 별장.

　박현은 깔끔하게 정돈된 잔디 마당에 놓인 썬베드에 반쯤 누워 암호 가면을 손 안에서 이리저리 돌렸다.

　"이제는 빼도 박도 못하게 되었나?"

　쓴웃음이 살짝 지어졌다.

　박현은 가면을 아공간 가방으로 넣고는 목 베개를 하며 고즈넉한 호수를 내려다보았다.

*　　*　　*

"안가를 네 채 더 구입했군."

한재규는 얇은 간이 보고서를 한번 훑어보았다.

"총 다섯 채면 안전하게 움직일 수 있을 겁니다."

이규원 비서실장의 대답에 한재규는 고개를 끄덕였다.

"하긴 대구면 확실히 영남그룹의 안마당이니. 본 그룹과의 관계는?"

"처음 오피스텔을 제외하고는 그룹과 관계없는 곳으로 선정했습니다. 또 급히 수배한 첫 오피스텔도 그룹과의 관계를 확실히 끊어 놓았습니다."

"검계는?"

"워낙 영남그룹이, 아니 보상 최가가 검계 내에서 평판이 좋지 않아 손쉽게 분위기를 돌릴 수 있었습니다."

"그렇다 해도 그들만의 카르텔이 있어 쉽지 않았을 텐데."

"신비선녀님과 사위께서 물밑에서 많은 일을 하셨습니다."

"김 서방보다는 신비선녀님의 힘이 더 컸겠지."

"……"

딱히 틀린 말도 아니기에 이규원 비서실장은 딱히 대답을 하지 않았다.

"어렵군, 어려워. 가까워지려면 가까워질 수 있는데……, 내 자존심이 허락하지 않고, 그 녀석도 그러하니."

"언젠가는 길이 보이지 않겠습니까. 지금처럼 천천히 걷다 보면 방법이 있을 겁니다. 그리고…….”

한재규는 이규원 비서실장을 올려다보았다.

“무엇보다 아가씨께서 있지 않으십니까.”

“그렇지.”

그 말이 마음에 들었는지 한재규의 주름 잡힌 이마가 편편하게 펴졌다.

“참, 호족은 요즘 어때?”

“조용합니다.”

“흠…….”

“그쪽도 그쪽 나름대로 복잡할 겁니다.”

“하긴.”

박현이 백호가 아닌 백룡인 것을 호족도 알았다.

하지만 진짜 용인지 아니면 특이한 돌연변이, 서양에서 간혹 태어나는 형태변형자[1]인지 확신이 안 선다.

이게 문제다.

자신들이야 신비선녀와, 딸의 말을 믿고 함께 걸어가려 하지만, 한편으로는 자신들도 확신을 세우지 못하는데 호족은 어떻겠나 싶다.

“일단 침묵이로군.”

한재규의 말에 이규원 비서실장은 조용히 고개를 끄덕였다.

위이이잉—

한재규는 보고서를 파쇄기에 갈았다.

"박현은 지금 뭐하고 있나?"

"그게……."

"왜?"

"그룹 별장에서 한가로이 휴식을 취하고 있습니다."

*　　　*　　　*

"샷!"

박현이 짧은 소리를 내자, 퉁— 하며 주황색 원반이 하늘
로 날아올랐다.

탕—

박현은 가늠쇠에 주황색 원반이 걸쳐지자 망설임 없이
방아쇠를 당겼다.

탕—

주황색 원반이 부서지지 않자 재차 방아쇠를 당겼다.

팍!

두 번째 총성에 주황색 원반이 끄트머리가 살짝 부서지
며 사라졌다.

"흠."

박현은 눈살을 한 번 찌푸렸다가 풀며 재차 약실에 탄을 장착시켰다.

"후우—."

박현은 잠시 눈을 감고 숨과 함께 감정을 가라앉히며 다시 엽총을 들어올렸다.

"샷!"

퉁—

짧은 구령과 함께 다시 주황색 표적이 날아올랐다.

탕— 탕— 탕— 탕— 탕—

주변이 매캐한 화약 냄새로 가득 찰 정도로 시간이 흐르자.

퍽— 퍽— 퍽— 퍽— 퍽—

주황색 원반도 하나둘씩 빗나감 없이 부서지기 시작했다.

'가늠쇠보다는 몸의 방향이 중요하군.'

박현은 고개를 끄덕이며 총구를 아래로 내려 약실에서 탄피를 뺐다.

다시 약실을 채우려던 박현은 반으로 꺾인 엽총을 어깨에 메며 귀마개를 벗었다.

"콜라."

칙—

가녀린 손이 아이스박스를 열어 물기가 젖은 차가운 콜

라 하나를 따서 박현에게 건넸다.

"제가 온 줄 어떻게 알았어요?"

한설린이었다.

"나는 너의 신이니까."

박현은 고개를 돌려 한설린을 올려다보았다.

"으음."

한설린은 입술을 슬쩍 내밀며 고개를 끄덕였다. 그리고는 근처 빈 의자를 가져와 옆에 앉았다.

"언제까지 여기에 있을 거예요?"

"좀 더 익숙해지면."

박현은 어깨에 걸친 엽총을 손바닥으로 툭툭 두들겼다.

* * *

"손학규."

최치영이 손학규 도방을 불렀다.

"예, 대방 어른."

"그 녀석 오기는 오는 거야?"

"확실히 옵니다."

손학규 도방은 그날 박현의 눈빛을 잊지 못했다. 그의 목소리는 껄렁했지만, 그 안에 숨겨진 눈빛, 그건 확실히 사냥꾼의 것이었다.

"그런 놈이 여태까지 그림자 하나 안 비쳐? 허풍만 치고 어디로 내뺀 거 아니냔 말이야."

최치영은 점점 짜증이 났는지 목소리 톤이 점점 날카로워졌다.

"국정원도 그 새끼를 아직 못 찾고 있지. 해외로 떴을 수도 있지 않나?"

"……."

"너의 눈을 못 믿는 건 아니지만, 지금 엉뚱한 데 힘 빼고 있는 게 아닌가 묻는 거야, 지금!"

손학규 도방은 아니라고 말하고 싶었지만 입을 꾹 닫았다.

"그 녀석 조폭하고 연계되어 있다며."

"예."

"그런 놈이라면 밀항하기도 쉽잖아. 안 그래?"

"그 말씀은……."

"애들 풀어. 일본 아니면 중국일 테니."

"그렇게 되면 본사와 본가에 큰 구멍이 생깁니다. 그자는 지금 그걸 노리는 겁니다, 대방 어르신."

"야!"

"예, 대방어른."

"이 새끼야. 이제껏 네 말을 믿고 기다렸어. 그런데……."

최치영은 손학규 도방 앞으로 걸어가 손가락으로 그의 가슴을 툭툭 밀었다.

"결과가 이 모양이야. 어?"

"……."

손학규 도방은 조용히 손을 말아쥐었다.

"그래도 혹시 모르니, 두세 접(接, Team)[2]을 풀어서 인천하고 부산 등 밀항하기 좋은 곳으로 보내서 흔적 좀 찾아봐."

"알겠습니다, 대방 어른."

손학규 도방은 허리를 숙여 명을 받아든 후 서재를 나갔다.

"후우—."

마당으로 나온 손학규 도방은 깊은 한숨을 내쉬었다.

그리고는 습관적으로 담배를 찾아 품을 뒤졌다.

이내 미간이 찌푸려졌다.

담배를 끊은 것이 떠올랐기 때문이었다.

그런 그의 앞으로 담배 한 개비가 불쑥 내밀어졌다.

"제가 그랬지 않습니까, 또 찾으실 거라고."

서글서글하게 웃는 이는 직속 접장인 동시에 비서 역할을 하는 이철강이었다.

"새끼."

손학규 도방이 담배를 입에 물자 이철강 접장은 자연스

럽게 불을 붙였다.

"접장들 소집해."

"......?"

"접장 두셋을 빼서 밀항 쪽으로 알아보라신다."

손학규 도방의 말에 이철강 접장의 얼굴이 구겨졌다.

"접 하나만 빠져도......"

"더 말 안 해도 된다. 일단 두 접은 대방 어르신 명처럼 밀항 쪽으로 알아보고, 접 하나는 국정원이랑 손발 맞춰서 그 녀석 뒤를 쫓아야지."

손학규 도방은 담배 연기를 길게 내뿜었다.

"어르신 말씀도 틀리지 않았어. 언제까지 그 새끼를 기다릴 수만은 없으니까. 어서 빨리 찾아서 주리를 틀든 멱을 따든 해야지."

손학규 도방은 담배 발로 비벼 껐다.

"접원들 해이해지지 않게 단단히 일러두라고 전하며 접장들 소집해."

"예, 도방."

이철강 접장이 씩 웃으며 전화기를 들었다.

*   *   *

그로부터 일주일 후.

"흐음~♪ 음~♫ 으음~♪ ♪."

박현은 보상 최가 집성촌 경계에 맞닿은 3층 건물 옥상에서 콧노래를 부르며 아공간에서 LPG 가스통을 꺼내 차곡차곡 쌓았다.

몇 차례 들락날락해서 쌓은 가스통이 아홉 통이었다.

박현은 강력 테이프로 세 통을 하나로 단단히 결합시켰다.

"으으으—."

총 3묶음으로 만들고 난 후 박현은 허리를 쭉 폈다.

"분위기로만 보면 내가 나쁜 놈 같단 말이야."

박현은 피식 웃음을 삼켰다.

"하긴— 내가 언제 착한 놈이었다고."

박현은 입꼬리를 말아 올리며 저 멀리 보상 최가 본가, 대방의 대저택을 쳐다보았다.

"웃긴 놈들이야. 날 뭐 믿고 말 한마디에 영남그룹 본사로 쪼르르 뛰어가 있고."

박현은 이어 아공간에서 길쭉한 플라스틱 케이스를 꺼냈다.

달깍—

케이스를 열자 그 안에는 엽총 한 자루가 들어 있었다.

철컥!

박현은 엽총에 탄을 삽입한 후 근처 LPG통 하나를 끌어당겼다.

"흐읍!"

박현은 조용히 신력을 끌어올리며 LPG통을 움켜잡았다. 그의 팔은 그의 신체와 어울리지 않을 정도로 근육이 두꺼워졌다.

"하앗!"

박현은 기합을 최대한 소리를 죽이며 LPG통을 최치영의 대저택으로 던져 올렸다.

철컥!

박현은 빠르게 엽총을 어깨에 견착시켰다.

LPG통이 최치영의 대저택 위를 지날 때였다.

타당!

박현은 재빨리 두 발을 연속으로 쏘았다.

콰과과과과과광!

세 통의 LPG가스통의 폭발은 상상 이상이었다.

주변은 마치 폭탄이 터진 것처럼 단숨에 아수라장으로 바뀌었고, 하물며 그리 멀지 않은, 자신이 있는 건물이 지진이 난 것처럼 흔들릴 정도였으니.

"에이."

하지만 박현은 혀를 찼다.

LPG통이 최치영의 저택을 살짝 비켜 터진 탓이었다.

"조금 오른쪽으로~."

박현은 다시 LPG가스통을 움켜잡은 뒤 던지는 방향을 살짝 보정하며 던졌다.

철컥— 탕!

박현은 다시 엽총을 쏴 LPG가스통을 터트렸다.

"으샤!"

LPG가스통이 최치영의 대저택 마당 위에서 터지자 박현은 히죽 웃으며 주먹을 움켜쥐었다.

박현은 고개만 살짝 내밀어 최치영 대저택을 비롯해 주변을 살폈다. 확실히 폭발이 일어나자 최치영 대저택 마당과 지붕에 스물 안팎의 인물들이 빠르게 모습을 드러냈다.

"더 나올 놈들도 없겠군."

박현은 마지막 남은 LPG가스통을 잡아 모습을 드러낸 이들을 향해 힘껏 날렸다.

타앙—

그리고는 다시 엽총을 들어 그들의 머리 위로 떨어지는 LPG가스통을 향해 격발했다.

*　　　　*　　　　*

최치영의 대저택, 본채 옆 별채.

별채는 경호동 및 집안일을 하는 이들이 머무는 곳이었다.

자그만 거실에 네댓 명의 사내들이 소파에 앉아 수다를 떨고 있다가 접장 이철강이 방에서 나오자 자리에서 일어났다.

"편히 앉아들 있어."

접장 이철강이 양복 상의를 입으며 말했다.

"나 자리 비운다고 농땡이들 피지 말고."

이철강 접장은 현관에서 구두를 신으며 주의를 시켰다.

"걱정하지 마십시오, 접장."

접원 한 명이 장난스럽게 군기를 보이며 대답했다.

"지랄. 네가 인마, 가장 걱정이야."

이철강 접장이 손가락으로 그 접원을 콕 가리키며 쌍심지를 켰다.

"키키."

"크크크."

그 모습에 다른 접원들이 손으로 입을 가리며 웃음을 죽였다.

"교대 시간 잘 지키고."

"네."

"옙!"

"수고해라—."

이철강 접장이 현관문을 열고 밖으로 나갈 때였다.

콰과과과과광!

엄청난 폭발음과 함께 별채가 부르르 떨렸다.

이철강 접장은 재빨리 몸을 웅크려 몸을 보호하는 동시에 빠르게 귀를 활짝 열었다.

이철강 접장은 자리에서 일어나며 접원들과 눈을 마주쳤다.

콰과과과과광!

이철강은 재빨리 문을 열고 밖으로 나갔다.

하지만 이내 터진 폭발에 휩쓸려 마당으로 나가지 못하고 거실 안으로 튕겨졌다.

와장창창창창—

이어 별채 창문이 폭발의 여파를 이기지 못하고 와르르 깨졌다.

"저, 접장!"

재빨리 소파 뒤로 몸을 피한 접원들이 이철강 접장을 향해 빠르게 다가왔다.

"괜찮아!"

이철강 접장은 손을 들어 무사함을 알리며 자리에서 일어났다. 재빨리 내력을 끌어올려 몸을 보호했지만 자잘한 상처는 피하지 못했던지 몸 곳곳에 옅은 핏물이 배어 있었다.

"무전 때려!"

이철강 접장은 몸을 수습하자마자 마당을 튀어나갔다.

'분명 총 소리가 났어.'

폭발음 속에 희미하지만 두 발의 총 소리가 들렸다.

이철강 접장은 근처로 다가온 접원의 무전기를 빼앗듯이 건네받았다.

"칙―, 상황 보고!"

이철강 접장은 빠르게 본채와 대원들을 체크하며 무전을 날렸다.

"칙―."

막 무전이 들려올 때였다.

이철강 접장의 눈에 하늘에서 본채로 떨어지는 회색빛 물체가 보였다.

'……!'

총, 그리고 LPG.

"피해!"

이철강 접장은 내력을 담아 고함을 지르며 재빨리 별채 안으로 몸을 날렸다.

콰과과과과광!

엄청난 폭발음이 이철강의 몸을 뒤흔들었다.

폭발이 뒤흔든 건 비단 그의 몸만이 아니었다.

별채가 다시 한번 뒤흔들림과 함께 온갖 가구와 물건들이 바닥으로 나뒹굴었고, 삐걱거리는 소리와 함께 먼지가 바닥으로 우수수 떨어져 내렸다.

"컥!"

그의 정신을 바로 잡은 것은 다름 아닌 등과 뒷머리에서 느껴지는 지독한 고통이었다.

"끄으으!"

하지만 지금 고통이 문제가 아니었다.

이철강 접장은 고통을 삼키며 자리에서 일어나 불씨가 남아있는 양복 상의를 바닥으로 벗어던지며 주변을 살폈다.

집 안에 온전한 것은 없었다.

"끄으으!"

고통에 찬 신음.

차라리 그건 양호한 편이었다.

"으아아아악!"

정통으로 폭발을 맞고 별채로 튕겨온 접원 한 명은 원래의 모습을 찾기 어려울 정도로 처참했다.

"빠드득."

이철강 접장은 이를 갈며 고통에 몸부림치는 접장의 수혈을 눌러 잠재웠다. 더는 고통 없이 죽을 것이다. 이철강 접장은 깨진 별채 창문을 훌쩍 넘어 마당으로 향했다.

　　　　*　　　*　　　*

　박현은 아수라장이 된 최치영 본가를 쳐다보며 피식 조소를 날렸다. 그리고는 아공간에 엽총을 집어넣고는 알약 하나를 까 입에 넣었다.

　팟!

　축지로 그 자리를 벗어나며 알약을 삼켰다.

　그렇게 향한 곳은 다름 아닌 영남그룹 본사였다.

　　　　*　　　*　　　*

　영남그룹 본사.

　"본부장님 오셨습니까?"

　손학규 도방은 익숙하게 비서의 인사를 받았다. 도방은 어디까지나 이면, 보상 최가 내의 직책. 그는 대외적으로 영남그룹 특무전략팀 본부장이었다.

　"팀장들은?"

　"이철강 팀장님 빼고 다들 오셨습니다."

　"그렇군."

　"차는 뭐로 준비할까요?"

"커피로 내와."

비서와 말을 마친 손학규 도방은 불투명한 유리문을 열고 특무전략팀 회의실로 들어갔다.

"오셨습니까?"

외부에서는 팀장으로 불리는 보상 최가의 접장들이 자리에서 일어나 가볍게 허리를 숙였다.

"고생들 많지?"

손학규 도방은 자신의 자리인 상석에 앉았다.

그는 곧바로 본론을 꺼내지 않았다.

잠시 뒤, 비서가 커피를 가져왔다.

"회의가 길어질 듯하니까 그만 퇴근해."

그 말에 비서의 얼굴에 언뜻 기쁨이 스쳐 지나갔다.

그녀가 나가고 나자, 손학규는 본론을 꺼냈다.

"분위기는 어때?"

손학규는 커피로 목을 축이며 물었다.

"별로 안 좋습니다. 밤샘 대기가 길어지다 보니 이곳저곳에서 투덕거림도 생기고, 확실히 집중이 떨어지고 있습니다."

"흠."

손학규는 입맛이 쓴지 텁텁한 표정으로 입맛을 다셨다.

"별수 없겠지만 좀 더 애들을 다독여. 이 일 끝나면 어떤 방도든 합당한 보상을 내릴 테니까."

"알겠습니다."

"좀 더 다독여 보겠습니다."

손학규 도방은 접장들의 대답을 들으며 다시 입을 열었다.

"그리고 내가 자네들을 부른 이유는."

접장들의 시선이 손학규에게로 다시 집중되었다.

"대방께서 두세 접을 착출해, 밀항 쪽으로 알아보라고 하셨다."

그 말에 접장들의 얼굴이 저마다 다양하게 찡그려졌다.

"나는 밀항보다는 뒤통수를 치리라 여겨져."

"하지만 대방 어르신의 엄명이 있었지 않습니까."

"그래서 일단 2접은 인천하고 부산에 내려보내고, 접 하나는 그 녀석 뒤를 캐볼 생각이야. 언제까지 이렇게 쳐들어오기를 기다릴 수만은 없으니까."

"끄응."

"휴우—."

앓는 소리와 한숨이 뒤섞일 때였다.

콰광—

은은한 폭음과 함께 회의실 창문이 미약하게 흔들렸다.

"……?"

손학규 도방은 눈을 슬쩍 치켜뜨며 창문 쪽으로 고개를 돌렸다.

콰광—

저 멀리 붉은빛이 터지며 창문이 다시금 파르르 흔들렸다.

"······!"

붉은빛이 터진 곳은 다름 아닌 보상 최가의 집성촌이자 자신들의 본거지였다.

콰당탕탕—

손학규는 의자가 넘어지든 말든 상관없이 재빨리 일어나 창문으로 바투 다가섰다.

콰광—

그리고 다시 터진 폭음과 붉은 불꽃.

그 불꽃이 피어오른 곳은 다름 아닌 최치영 대방의 자택이었다.

'박현!'

손학규의 눈에 짙은 살기가 피어났다.

♩~♪~♩ ♪~♬~

손학규가 전화를 든 순간 벨이 울렸다.

"이 접장, 어떻게 된 거야?"

손학규는 전화를 받자마자 고함쳤다.

*   *   *

쪼로록—

영남그룹 정문 맞은편, 대로가의 어느 커피숍.

박현은 야외 의자에 앉아 빨대로 시원한 아메리카노를 쪽 빨며 영남그룹 본사를 쳐다보고 있었다. 본사가 갑자기 시끌시끌해지더니 봉고 몇 대가 주차장을 빠져나와 신호도 무시한 채 내달려 나갔다.

"쯧쯧."

박현은 빨대로 바닥에서 찰랑거리는 아메리카노를 마지막 한 방울까지 쪽 빨아 마신 후 내려놓으며 혀를 찼다.

"느려."

박현은 기지개를 쭉 켜며 자리에서 일어났다.

"참, 이걸 말 안 해줬었군."

박현은 도로를 건너 영남그룹 본사 앞에 섰다.

"내 별명이 암호 전에 미친개였다는 것을."

박현은 씨익 웃으며 암호 가면을 썼다. 이어서 아공간에서 엽총을 꺼내 어깨에 걸치고는 LPG통을 잡았다.

그그그극—

박현은 LPG통을 끌며 영남그룹 정문으로 들어갔다.

정문을 통과하자 은은한 기운이 느껴졌다.

"여기 들어오시면 안 됩니……."

경비원 하나가 강압적인 모습으로 다가오다 엽총과 LPG

통을 보자 흠칫 멈춰 섰다.

"잽이?"

"음? 너, 너?"

"받아."

박현은 순간 당황했다가 이내 살기를 끌어올리는 경비원에게 LPG를 던졌다.

사람이 당황하면 뜻하지 않게 움직이는 법.

경비원은 얼떨결에 박현이 던져준 LPG통을 받아들었다.

철컥! 탕—

박현은 곧바로 엽총을 장전하고는 LPG통을 향해 그대로 쏴버렸다.

콰과과과과광!

"크으으—, 매서워라."

박현은 신력을 몸에 둘러 폭발을 견뎌내며 재빨리 비상구 계단으로 뛰어 올라갔다. 그런 그의 손에 또 다른 LPG통이 들려 있었다.

"미친개가 날뛰면 어떻게 되는지 똑똑히 알려주지."

박현은 5층인지 6층인지 모를 곳의 방화문을 활짝 열며 LPG통을 던졌다.

콰과과과과광!

그리고는 곧바로 엽총으로 쏴 터트렸다.

*용어

1) 형태변형자: 단어 그대로 하나 혹은 그 이상의 동물로 변하는 종족.

2) 접(接, Team): 조선시대 무리를 일컫는 말. 접의 우두머리를 접장 혹은 접주라고 하며, 서당, 유생 및 보부상까지 두루 쓰인 듯하다.

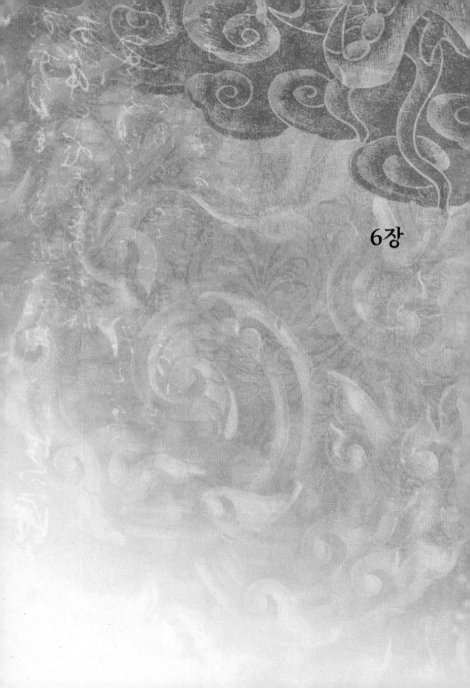

6장

　콰과과과광!

　폭발음과 붉은 섬광이 차 유리창을 때리자 손학규 도방
은 자연스레 고개를 돌렸다.

　콰과과과광!

　영남그룹 최상층에서 다시 폭발음과 함께 불꽃이 튀어나
왔다.

　"돌려! 차 돌려! 어서!"

　손학규 도방은 화마에 휩싸인 영남그룹 본사를 보며 주체
할 수 없는 분노를 느꼈다. 그 분노는 핏빛 살기로 이어졌다.

　"칙―, 본사!"

손학규 도방은 무전기를 들었다.

《칙—, 김 접장입니다.》

"칙—, 강석아, 영남그룹 입구란 입구는 모두 봉쇄해!"

《칙—, 이미 틀어막았고, 준석이가 접원들 데리고 옥상으로 올라가고 있습니다.》

"칙—, 내가 돌아갈 때까지 무조건 가둬 놔!"

《칙—, 넵.》

손학규 도방은 다시 무전기를 들었다.

"원진아, 너는 대방 어르신께로 가서 본가 수습하고, 문종이 너는 경찰 수습해."

《칙—, 알았습니다.》

《칙—, 넵.》

무전이 끝나자 뒤따른 차 2대가 방향을 틀어 대열에서 이탈했다.

"신호 무시해!"

손학규 도방의 말에 일렬의 차량들은 신호를 무시하고 영남본사로 달려나갔다.

＊　　＊　　＊

"이거, 이거—. 이건 계획에 없는 건데."

박현은 옥상 난간에서 서서 뺨을 긁었다.

보상 최가가 자신의 얼굴을 알기에 딱히 외형을 바꾸지 않았지만, 하지 않은 것이랑 못하는 것은 다르다.

영남그룹을 들어설 때 묘한 기감이 느껴진다 했더니 그건 바로 결계였다.

문제는 그 결계가 축지를 행하지 못하게 만든다는 것이었다.

다다다다다닥!

옥상으로 올라오는 계단으로 무수한 발자국 소리가 들려왔다.

"쩝!"

박현은 엽총을 내려 탄을 삽입한 후 옥상 문으로 겨눴다.

철컹!

옥상 철문이 열리는 순간 박현은 망설임 없이 엽총을 쐈다.

탕—

"컥!"

옥상 입구에서 피가 튀며 짧은 신음이 터져 나왔다.

"초, 총!"

"이 미친 새끼!"

옥상 입구는 단숨에 혼잡하게 바뀌었고, 옥상 문은 누군가에 의해 빠르게 다시 닫혔다.

이것도 얼마 가지 못할 것이 분명했다.

"비상탈출용 로프를 찾아봐야겠군."

박현은 다시 한번 닫힌 철문으로 엽총을 쏜 후 빠르게 난간으로 올라섰다.

"후우—."

난간 아래로 보이는 지상은 소름이 끼칠 정도로 까마득하게 깊었다. 박현은 뒤로 돌아 난간을 발뒤꿈치를 들고 섰다. 그리고 고개를 살짝 틀어 바로 아래층 창문턱을 내려다보았다.

"니미—, 장난 아닌데."

박현은 빠르게 뛰는 심장을 애써 가라앉히며 눈을 잠시 감았다. 그리고 눈을 뜨며 최대한 벽과 가깝게 아래로 몸을 날렸다.

박현은 순식간에 눈앞을 스쳐 지나가는 창문턱으로 힘껏 손을 뻗었다.

파삭!

폭발 때문이었을까, 아니면 건물의 노후화 때문일까.

창문턱 시멘트는 박현의 무게를 이기지 못하고 바스러졌다.

"이익!"

다시 몸이 아래로 떨어지자 박현은 어금니를 꽉 깨물며 다시 눈앞을 스쳐 지나가는 창문 턱에 손을 뻗었다.

"큭!"

이번에는 창문턱이 아니라 박현의 손아귀 힘이 문제였다.

겨우 창문턱에 매달리는가 싶더니 다시 아래로 추락하기 시작했다.

"시발."

박현은 신력을 풀어 진체를 드러내며 창문턱을 움켜잡았다. 그리고 다리를 쑤셔 박아넣듯 벽에 단단히 달라붙을 수 있었다.

"크르르르르."

콱! 콱! 와장창창창!

박현, 백호는 뒷발을 벽에 찍어 몸을 좀 더 끌어 올린 후 창문을 깨고 건물 안으로 들어갔다.

"크르르르르!"

박현은 사무실 벽면을 빠르게 훑었다.

탈출용 로프 혹은 그 비슷한 것도 보이지 않았다.

박현은 진체를 풀며 사무실을 나가 복도며 다른 사무실도 뒤졌다.

역시나 눈에 보이지 않았다.

다다다닥!

금세 무수한 발자국 소리가 앞뒤로 들려왔다.

'CCTV!'

다급함에 그걸 잊고 있었다.

박현은 재빨리 복도 쪽 벽면에서 층수를 찾았다.

22층.

제아무리 진체로 변한다 해도 그냥 뛰어내리기에는 위험한 높이였다.

"곱게 나가기는 글렀군."

박현은 목을 좌우로 두어 번 꺾으며 다리를 살짝 웅크렸다.

그리고 계단을 향해 달음박질을 시작했다.

콰앙!

복도로 이어지는 두꺼운 철문이 거칠게 열리며 한 무리의 잽이들이 우르르 몰려나왔다.

"저기 있다!"

한 잽이의 손가락이 박현을 향하는 순간.

우드득!

박현의 눈빛이 서늘하게 바뀌며 몸이 커졌다.

"크하아아앙!"

그리고 포효가 터졌다.

　　　　　*　　　*　　　*

끼익—

영남그룹 본사 앞으로 차들이 급브레이크를 밟듯 멈추
고, 손학규 도방이 마치 튕겨나오듯 차에서 내려 영남그룹
본사로 들어섰다.

"도방."

접장 김강석이 굳은 얼굴로 빠르게 다가왔다.

"입구는?"

"이곳 정문 외에는 모두 폐쇄했습니다."

"일반 직원들은?"

"대부분 대피시켰습니다."

"대부분?"

손학규 도방의 눈가가 찌푸려졌다.

"현재 전 층을 뒤질 수 없어 정확한 보고가 어렵습니다.
일단 방송과 눈에 띄는 이들은 모두 건물 밖으로 대피시켰
습니다."

납득할 만한 보고에 손학규 도방은 고개를 끄덕였다.

"그리고 소방서와 경찰서 출동은 지연시켜 놓았습니다."

"잘했어. 문종이를 그쪽으로 보내놨으니까 알아서 처리

할 거야."

손학규 도방의 말에 김강석 접장이 고개를 끄덕였다.

"그건 그렇고, 그 새끼는 어디 있나?"

"비상계단 8층에서 10층 사이로 알고 있습니다."

손학규 도방의 시선이 비상계단으로 향했다.

"도방."

"⋯⋯?"

"쉽게 볼 놈이 아닙니다. 벌써 두 접이 당했습니다. 최 접장께서 겨우겨우 막아내고 있습니다."

"벌써?"

손학규 도방의 눈이 동그랗게 떠졌다.

"준비를 마쳤습니다."

송태우 접장이 다가왔다.

모두 두꺼운 방호복에 대반신용 무구로 무장을 마친 상태였다.

"강석아."

"예, 도방."

"문종이한테 무전 넣어서 이리로 오라고 전하고, 네가 접원들 무장시켜서 바로 따라붙어."

"알겠습니다."

"가자."

손학규 도방을 선두로 송태우 접장과 그의 접원들이 뒤
를 이었다.

비상계단으로 이어지는 방화문을 열자 비명과 고함이 들
려왔다.

손학규 도방은 한 걸음에 반 층씩 뛰어넘으며 빠르게 계
단을 타고 올라갔다.

"크르르르르!"

온몸은 수많은 상처 탓에 피로 뒤덮여 있었고, 크게 어깨
가 들썩일 정도로 숨은 가빴다. 하지만 그의 눈빛은 조금도
죽지 않고 살아 날뛰고 있었다.

『들어와!』

박현, 백호는 허리를 세우며 계단 아래를 점하고 있는 잽
이들을 향해 손가락을 까딱였다. 하지만 쉽사리 움직이는
잽이들은 없었다.

박현을 에워싼 잽이들의 표정은 그다지 좋지 못했다.

대부분 지친 기색이 역력했고, 무엇보다 질리다 못해 학
을 뗀 눈동자로 박현을 바라보고 있었다.

『안 온다 이거지.』

박현의 입꼬리가 말려 올라가며 날카로운 송곳니를 드러
냈다.

"크하아아아앙!"

박현은 포효를 터트리며 훌쩍 몸을 날려 잽이들 사이로 뛰어들었다.

"시팔!"

"조져!"

잽이들은 마치 조폭들처럼 악다구니를 퍼부으며 박현을 향해 달려들었다.

"다리를 노려라! 다리를 노려!"

접장 최곤이 악을 써가며 지휘를 했지만, 아무 소용 없었다.

박현와의 싸움은 말 그대로 막싸움, 인의도 예의도 도리도 없는…… 말 그대로의 막싸움이었다.

악귀.

죽은 잽이들의 시신을 이용해 칼날을 막고, 그 시신을 찢어 피를 뿌려 잽이들의 시야를 막고, 찢긴 시신을 휘둘러 공격을 하는 그의 모습은 그냥 악귀 그 자체였다.

그러한 무자비하고, 흉포한 그의 공격에 잽이들은 속수무책이었다.

잽이들이 언제 이런 지옥의 아귀다툼을 해 본 적이 있겠는가.

없다.

그토록 용맹하고 자랑스러운 쟵이들은 그저 온실 속에서 자란 투견일 뿐이었다.

그런 투견이 자비란 없는 야생의 호랑이와 붙은 꼴이었다.

'젠장!'

그나마 숫자의 우위에 있어 겨우겨우 그를 막아낼 뿐이었다. 하지만 그 시간이 그리 길지 않을 터.

최곤 접장이 분노와 분함에 칼을 움켜잡으며 박현에게로 뛰어들려는 그때였다.

"모두 물러나!"

쩌렁쩌렁한 목소리가 계단을 타고 올라왔다.

"도, 도방!"

손학규 도방을 선두로 단단히 무장한 쟵이들이 계단을 빼곡하게 채우며 올라왔다.

"크르르르!"

박현은 그들의 무장에 미간을 찌푸리며 고개를 들어올렸다.

철컹!

"후방으로 물러나!"

송태우 접장이 쟵이들을 이끌고 윗층 계단에서 내려와 박현의 뒤를 완벽하게 점했다.

"크르르르르."

박현은 앞뒤로 둘러싼 잽이들을 보며 얼굴을 굳혔다.

빠르게 치고 나간다고 했는데.

『젠장!』

박현은 입술을 깨물며 진열을 재정비하는 잽이들을 향해 몸을 날렸다.

손학규 도방은 재빨리 옆에 서 있는 잽이의 대반신용 포획총을 빼앗아 박현을 향해 쐈다.

펑—

묵직한 총성과 함께.

좌라라라락—

굵은 쇠그물이 튀어나와 박현의 몸을 뒤덮었다.

"크하아아앙!"

박현이 쇠그물을 쳐내기 위해 손을 휘저었지만 그다지 큰 소용은 없었다.

콰앙—

쇠그물은 박현의 몸을 뒤덮으며 그를 계단으로 처박았다.

"크하앙!"

박현은 재빨리 쇠그물을 제쳤지만 총성과 함께 두 개의 쇠그물이 날아와 다시 덮쳤다.

"쇠그물 찢기 전에 마취탄 쏴!"

타다다당—

손학규 도방의 명에 십여 발의 총성이 뒤를 이었다.

캉— 카강—

두세 발의 마취탄이 쇠그물을 맞고 튕겨 나왔지만, 나머지 마취탄은 쇠그물 사이로 파고들어 박현의 몸에 꽂혔다.

"크르르."

지긋지긋한 쇠그물에 마취탄이었다.

"크하아아아앙!"

박현은 쇠그물을 양손으로 잡아 찢으며 자리에서 일어났다.

콰드득— 까가가강!

'힘이 빠지기 전에.'

수장의 쇠그물이면 모를까, 두 장쯤이야.

힘겹지만 박현은 쇠그물을 찢고 나올 수 있었다.

탕— 타다당!

그 사이 다시 열 발의 마취탄이 박현의 몸에 꽂혔다.

휘청—

'씨발. 이게 몇 번째야!'

박현은 혀를 깨물어 몽롱해지는 정신을 깨우며 몸을 흔들어 마취탄을 털어냈다.

"크하아아아앙!"

박현은 포효를 터트리며 다시 허공으로 몸을 날렸다.

"……쏴!"

손학규 도방은 박현의 상상 이상의 몸부림에 머뭇거리다가 발포를 명령했다.

타다다다다다당!

포획총이나 마취총이 아니었다.

잽이들은 군대에서나 쓸법한 소총을 꺼내 박현을 향해 쏟아붓기 시작했다.

"크하앙!"

몸에서 피가 튀며 수십 발의 총탄에 박현의 몸은 다시 계단으로 처박혔다.

『이대로 죽지 않아! 이대로 죽지 않아!』

피투성이가 된 박현은 몸을 부들부들 떨면서도 벽을 의지해 자리에서 다시 일어났다.

"지독한 놈!"

손학규 도방도 질린 듯 박현을 향해 눈매를 일그러트렸다.

"크하아아아아아아앙!"

박현은 양팔을 벌려 더욱 흉포하게 울음을 터트렸다.

그 포효에 움찔한 한 잽이가 저도 모르게 박현을 향해 총을 쐈다.

탕!

총알은 공교롭게 박현의 뺨을 스치고 지나갔다.

문제는 그 한 발이었다.

그 한 발은 오발이 되어 다른 잽이의 다리를 맞췄고, 그 비명은 마치 폭탄의 뇌관이 되어버렸다.

타다다다다당!

마치 도미노가 순차적으로 쓰러지듯 박현에게 기가 질린 잽이들은 누구라고 할 것도 없이 일제히 총을 쏘았다.

단숨에 박현의 몸이 넝마가 되기 직전이었다.

"크하아아앙!"

박현은 이를 악물며 모든 신력을 끌어올렸다.

'십 초! 십 초만 막아내자!'

소총의 연발은 생각보다 길지 않다.

수 초면 탄창을 비워낼 정도다.

문제는 수백 발의 총을 이겨내는 것이겠지만.

박현은 몸을 둥글게 만들어 머리를 보호하며 무인들의 호신강기처럼 몸에 신력을 돌렸다.

후우우웅─

그의 몸에 희미한 빛이 만들어졌다.

『큭, 크으윽!』

처음 몇 발은 막아낸 듯하지만 이후 몇 발은 몸에 박힌 듯 지독한 고통이 만들어졌다.

'씨발! 안 죽어! 나는……, 나는!'

"크하아아아앙!"

'천외천이다!'

박현은 더욱 신력을 끌어올리며 포효했다.

그 순간 박현의 몸에서 엄청난 신력이 폭발하듯 튀어나와 또 다른 얇은 막을 만들어냈다.

타다다다다단—

불투명한 막은 단숨에 무수한 총탄을 튕겨냈다.

타다다다다다다다단—

수백 발의 총탄이 쏟아진 곳, 화약이 만들어낸 자욱한 연기 속에 새하얀 납작한 껍질이 있었다. 그 껍질은 잔잔한 파도의 문양을 담고 있었다.

*   *   *

한설린은 굳은 얼굴로 뛰어가고 있었다.

영남그룹 본사가 눈에 들어오자 품에서 부적을 잡아 허공으로 날렸다.

화르르륵—

부적은 빛없는 빛무리로 바뀌며 한설린의 흔적을 지웠다.

후웅—

이어 양쪽 귀걸이를 매만지자 그녀의 깔끔한 투피스 정장이 새하얀 한복으로 바뀌었다. 이어 얼굴에 반은 희고, 반은 붉은 홍백탈[1]이 써졌다.

하지만 그녀가 쓴 홍백탈은 일반적으로 알려진 투박함과는 거리가 멀었다. 좀 더 세련된 선을 가지고 있었다.

팟—

한설린은 한걸음에 왕복 6차선 도로를 건너 영남그룹 본사 정문 앞에 내려섰다.

본사 정문은 굳게 닫혀 있었다.

굳게 닫힌 건 비단 정문만이 아니었다. 영남그룹 빌딩은 강력한 결계로 외부와 차단되어 있었다.

"누구냐!"

심상치 않은 복장과 가면에, 외부를 지키고 서 있던 잽이가 허리춤으로 손을 가져가며 험악한 기세를 내뿜었다.

좌라라라락—

한설린이 양손을 활짝 펼치자 소맷자락에서 수십 장의 부적이 쏟아져 나와 세 개의 띠를 만들며 그녀의 몸 주위를 회전하기 시작했다.

잽이 넷은 빠르게 눈을 마주치며 한설린에게로 다가갔다. 하지만 한설린은 고개를 들어 빌딩을 올려다보고 있었다. 그리고 허공으로 발을 내디뎠다.

촤르르르르—

그녀의 걸음에 맞춰 부적들은 허공으로 길게 길을 만들었다.

한설린은 마치 비탈길을 뛰어올라가듯 부적들을 밟으며 허공으로 뛰어올랐다.

"어?"

"어어—."

정문을 지키고 있던 잽이들이 어찌할 사이도 없이 한설린은 대략 7층쯤으로 보이는 곳까지 올라갔다.

한설린이 창문을 향해 양손을 가져가자, 그녀의 주위를 돌던 부적 한 장이 그녀 앞으로 날아왔다.

"파(破)!"

부적이 창문에 닿자 푸른 막이 언뜻 출렁이더니 파삭하고 부서졌다.

한설린은 부서진 결계 틈으로 뛰어들어 갔다.

파지지직—

그녀가 들어간 뒤 얼마 시간이 지나지 않아 결계는 다시 회복되었다.

　　　　　　＊　　　＊　　　＊

　눈을 감고 서 있는 박현의 얼굴은 매우 평온했다.

　박현의 머릿속에 떠오른 선명한 형상.

　그건 바로 거대한 조개였다.

　박현은 천천히 눈을 떴다.

　은은한 빛은 담은 흰색, 언뜻언뜻 반짝임을 담은 흰색 껍질이 눈에 들어왔다. 박현은 손을 뻗어 껍질을 쓰다듬었다. 어디 하나 울퉁불퉁하거나 거칠거칠한 느낌이 없었다.

　마치 비단을 만지는 것처럼 부드럽고 매끈했다.

　하지만 박현은 알 수 있었다.

　매끈함 속에 숨겨진 단단함을.

　그 무엇도 이 껍질을 부술 수 없음을.

　박현은 시선을 내려 자신의 손을 내려다보았다.

　백호의 흔적이 보이지 않을 정도로 손은 매끈했다. 좀 더 시선을 내려 자신의 몸을 바라보았다. 태고의 모습, 실오라기 하나 없는 알몸이었다.

　박현은 눈을 감았다 뜨며 머릿속으로 백호를 떠올렸다.

　'크하아아아앙!'

　백호의 얼굴이 그의 기억을 뒤덮으며 울음이 그의 내부

에서 터졌다.

　우드득— 드득—

　박현의 몸은 빠르게 진체로 변했다.

　"크르르르."

　박현이 가진 또 하나의 형상.

　백우(白牛)!

　'쿠허어어어엉!'

　육중한 울음이 터지며 거대한 해일처럼 하얀 소의 형상
이 머릿속을 덮쳤다.

　"쿠르르르르르."

　박현은 더욱 거대해진 자신의 몸을 살폈다.

　'용의 이루는 것이…….'

　매의 발톱.

　'하늘을 날 수 있을까?'

　박현은 피식 웃음을 삼키며 눈을 감고 매를 떠올렸다.

　창공을 누비며 먹이를 찢어발기는 발톱을 가진 새하얀
매.

　"……."

　박현의 미간이 좁아졌다.

　"……흠."

　하얀 매가 어떤 모습인지는 아는데, 조금 전처럼 화산이 폭발하듯 머릿속에 떠오르지, 아니 머릿속을 장악하지 못했다.

'아직은…… 아니라는 건가?'

자신의 힘이 부족한 것인지, 아니면 아직 때가 아닌지 모르겠지만.

'일단 이곳부터 벗어나야겠군.'

박현은 현실을 떠올리며 조개껍질 벽을 쳐다보았다.

그러자 조개껍질 벽이 서서히 투명하게 바뀌더니 외부가 훤히 보이기 시작했다.

'흠?'

자신을 손가락으로 가리키며 뭐라뭐라 떠드는 모습과 멍하니 쳐다보고 있는 모습 등 다양한 얼굴을 한 잽이들이 눈에 들어왔다.

그들의 행동이나 모습을 보니 외부에서는 자신이 보이지 않는 것이 확실했다.

그러던 중 최곤 접장이 다가와 껍질을 향해 검에 검기를 담아 휘둘렀다.

카강!

검과 껍질 사이에 불꽃이 튀었다.

하지만 껍질에는 아무런 충격도 없었다.

'여유는 좀 있겠군.'

박현이 어떻게 벗어나나 고민하는 찰나.

『선배!』

한설린의 목소리가 머릿속에서 울렸다.

박현은 자연스레 고개를 들었다.

한설린의 모습은 보이지 않았지만 박현은 그녀가 위층에 있다는 것을 느낄 수 있었다.

그녀의 목소리에 박현의 입가에 미소가 맴돌았다.

"나에게 올 수 있겠나?"

『잠시만요.』

박현의 눈이 좀 더 움직여 정확히 머리 위로 향했다.

『지금 갑니다.』

"나를 봐도 놀라지 마."

『제가 하고 싶은 말이네요.』

한설린의 말에 박현의 눈매가 살짝 가늘어졌다.

『가요.』

그녀의 말이 끝나자 수백 장의 부적들이 마치 한 마리 뱀처럼 길게 띠를 이루며 잽이들 위에 길을 만들더니 그 위로 새하얀 한복에 홍백탈을 쓴 한설린이 미끄러지듯 날아왔다.

"……!"

박현이 있어야 할 곳에 거대한 조개가 있자 한설린의 눈이 부릅떠졌다.

가벼운 충격에 부적들이 출렁거렸고, 그 위를 달리던 그녀의 신형 또한 흔들렸다.

"내가 놀라지 말라고 했을 텐데."

박현의 목소리가 그녀의 머릿속에 울렸다.

조개껍질이 살짝 벌어지더니 박현의 손이 쑥 튀어나와 한설린의 손목을 움켜잡았다.

마치 영화나 만화의 한 장면처럼 느껴졌다.

박현의 쭉 뻗은 팔은 어림잡아 3m는 되어 보였다.

'어?'

잠시 눈을 껌뻑이는 사이 한설린은 박현의 손에 끌려 조개껍질로 빨려 들어갔다.

"선⋯⋯."

한설린이 박현의 얼굴을 보자 기뻐하려는 때.

"뭐야? 그 가면은?"

박현은 마치 아수라백작을 연상케하는 홍백탈을 보며 눈가를 찌푸렸다.

"어때요?"

"그 전에."

박현은 한설린의 어깨를 잡아당겨 그녀를 꼭 끌어안았다.

"서, 선배."

박현의 전라를 떠올린 한설린이 콧소리를 내며 얼굴에 홍조가 피었다.

하지만 그것도 잠시.

"컥!"

한설린의 눈이 부릅떠졌다.

번쩍 뜬 눈 안의 동공은 파르르 떨렸다.

"끄으으으!"

한설린의 몸 곳곳에 상처가 만들어졌다. 아니 정확히는 박현의 상처와 고통이 옮겨간 것이었다.

지독한 고통에 한설린은 그의 몸을 밀칠 법도 하건만 오히려 박현을 더욱 세게 끌어안았다.

"으으으으으!"

한설린은 박현의 몸을 꼭 끌어안은 채 미약한 신음을 흘리며 몸을 바르르 떨었다.

일 분쯤 흘렀을까.

한설린은 그 자리에 풀썩 주저앉았다.

"쉬고 있어."

박현은 상처가 낫자 바로 밖으로 나가기 위해 조개껍질로 몸을 틀었다.

"고맙다."

조개껍질이 살짝 열리고, 박현은 그 말을 남기고 밖으로 튀어나갔다.

"이―, 씨."

한설린은 고통 속에서 눈물이 핑 돌았다.

밖으로 나온 박현, 백호는 조개껍질 위에 걸터앉았다.

그리고 둘러싼 잽이들을 내려다보았다.

『이제껏 재미 좋았지?』

박현은 손학규 도방과 눈을 마주하며 히죽 웃었다.

『이제 내 차례야.』

"크하아아아아아앙!"

박현은 더할 나위 없는 흉포한 울음을 터트리며 잽이들 사이로 뛰어들었다.

*　　*　　*

쾅!

솥단지 같은 주먹 한 방에 두꺼운 원목 책상이 가루가 되듯 부서져 내렸다. 최치영은 온몸을 부들부들 떨며 겨우 분노를 억누르고 있었다.

"본사는?"

최치영은 몇 번 숨을 몰아쉬어 흥분을 가라앉히며 입을 열었다.

"쉽지 않다는 연락이 있기는 했습니다."

"뭐?"

최치영의 목소리가 다시 커졌다.

"손 도방께서 가셨으니 곧 정리가 될 것입니다."

이철강 접장은 손학규 도방을 믿었다. 그리고 최치영도 그를 믿었다.

그를 믿었기에 최치영은 흥분을 죽이며 의자에 걸터앉았다.

"지금 여기에 누가 있지?"

"박원진 접장이 밖에서 대기하고 있습니다."

최치영은 눈을 몇 번 굴리며 생각에 잠기더니 이내 입을 열었다.

"박원진 접장을 본사로 보내. 그리고 그 새끼 살려서 내 앞으로 데려오라 해."

"예, 대방."

이철강 접장은 허리를 숙이며 서재를 나갔다.

*　　　*　　　*

"크하아아앙!"

박현, 백호는 포효하며 벽을 타고 달렸다.

콰직— 콰지직—

그가 밟고 지나간 벽에는 네 개의 긴 상처가 새겨졌다.

"크르르르르!"

낮게 살기를 터트리는 박현의 눈은 오로지 한 명, 손학규 도방을 향해 있었다.

'죽인다! 반드시!'

박현은 벽을 크게 구르며 천장으로 뛰어올랐다.

"크하아아앙!"

박현은 천장을 힘껏 차며 손학규 도방을 향해 뛰어내렸다.

"하앗!"

그 모습에 손학규 도방은 박현을 향해 칼을 휘둘렀다.

하지만 단순한 칼질이 아니었다.

후우우우웅—

칼날에서 은은한 빛무리가 드러나는 것이 내력이 담긴 것이 틀림없었다.

검기(劍氣).

아니 빛무리 주위로 언뜻 실낱같은 가시가 보였다.

검사(劍絲)!

검에 기를 담는 것을 넘어 외부로 유형의 기를 발산시키는 상승기법.

박현은 애초에 살을 주고 그의 목줄을 딸 생각이었다.

하지만 손학규 도방의 검에서 느껴지는 기운은 그저 살만을 내어주는 게 아니라 팔다리 하나쯤은 내어줘야 할 정도로 섬뜩함을 안겼다.

찰나의 시간.

일단 피할까?

아니 이대로 그의 목줄을 노려?

박현의 머릿속에는 온갖 생각이 스쳐 지나갔다.

'……!'

순간 박현의 머릿속에 번뜩이는 생각 하나가 떠올랐다.

'할 수 있을까?'

실행하면 돌이킬 수 없다.

그의 팔 하나가 잘리든, 아니면 손학규 도방의 머리를 짓이기든.

"크르르르!"

박현의 목울대에서 독기에 찬 울음이 만들어졌다.

"크하아아앙!"

박현은 다시금 포효하며 양팔을 교차하며 신력을 팔목으로 집중시켰다.

쐐애애애액!

내력을 담은 손학규 도방의 칼날이 박현의 양팔을 자르기 직전.

좌라라라라락—

박현의 양팔에서 두툼한 쇠 토시가 만들어졌다.

바로 암전 풍에서 산 건틀릿이었다. 그 건틀릿을 손까지 덮지 않고 팔만 두른 것이었다.

'됐다!'

박현의 입에 차가운 미소가 드러났다.

카가강!

칼날과 건틀릿 토시 사이에 엄청난 불꽃이 튀었다.

"헛!"

동시에 손학규 도방의 입에서 기겁성이 튀어나왔다.

박현은 손학규 도방의 칼에 살짝 밀려 올라갔지만, 이내 몸을 회전시켜 그의 칼을 뛰어넘어 양손으로 손학규 도방의 뒤를 점하며 어깨를 움켜잡았다.

콰득!

박현의 날카로운 발톱이 손학규 도방의 어깨로 파고들었다.

"끄윽!"

손학규 도방은 신음을 억누르며 칼을 역수로 잡아 뒤로

찔렀다.

사각!

박현은 손학규 도방의 몸을 트는 동시에 몸을 비틀어 치명상 정도만 비켜 갔다. 옆구리가 베였지만 박현은 크게 개의치 않았다.

"하앗!"

"합!"

그와 동시에 근처에 있던 잽이들이 박현을 향해 칼을 휘둘러왔다.

서걱! 서걱!

박현은 중상만 피하면 되었기에 그저 신력을 몸에 두텁게 두르는 것으로 그들의 공격을 버텼다.

박현의 등과 다리에서 피가 튀었지만 그는 아랑곳하지 않고 발버둥치며 벗어나려는 손학규 도방의 뒷목을 재빨리 물었다.

콰득!

뼈가 으스러지는 소리가 들리는가 싶었지만, 손학규 도방 역시 내력으로 몸을 보호했던지 이빨이 더는 그의 목을 파고들지 못했다.

'붙으면 내단을 깨!'

조완희의 충고가 떠올랐다.

박현은 손학규 도방의 목을 움켜잡아 힘껏 바닥으로 내다 꽂았다.

쾅!

이어 발로 칼을 잡은 손학규 도방의 손을 밟은 후 왼손을 들어올렸다.

쐐애애액!

서걱!

박현의 허벅지에서 피가 튀었다.

"큭!"

제법 깊게 베인 듯 박현의 무릎이 바닥으로 떨어졌다.

"크르르르르르!"

쐐애애애액—

칼날의 주인은 잽이가 아니었다.

최곤 접장이었다.

그는 접장답게 칼에 검기를 뿌려대며 박현의 목을 노리고 있었다.

'젠장!'

박현이 쓴맛을 다시며 피하려는 그때였다.

후아아악—

부적 십여 장이 날아와 자그만 방패를 만들었다.

카강—

한설린.

보지 않아도 알 수 있었다.

"크크크크."

박현은 손학규 도방을 내려다보며 히죽 어금니를 드러냈다.

"이익!"

손학규 도방의 눈동자가 흔들리며 그가 그 자리를 벗어나려 몸부림쳤다. 그 결과 손쉽게 박현의 손아귀에서 벗어날 수 있었고, 박현을 향해 아슬아슬하게나마 칼날을 세울 수 있었다.

심장만 비켜 가면 된다.

한설린이 지척에 있으니, 즉사만 면하면 된다.

박현은 손학규 도방의 칼날을 움켜잡아 심장을 비켜 가슴에 밀어 넣었다.

"무, 무슨!"

"크르르르르!"

『넌 뒈졌어!』

박현은 고통에 표정이 일그러지면서도 웃음을 잃지 않았다. 그리고 있는 힘을 모아 그의 아랫배로 왼손을 찔러 넣었다.

콰직— 콰드득!

박현의 왼손, 그리고 날카로운 발톱은 그의 복부를 파고
들었다.

"아, 안……."

그의 뱃속에서 단단한 공 같은 것이 느껴졌다.

내단이었다.

"크하아아아아앙!"

박현은 손아귀에 모든 힘을 쏟아부어 내단을 깨트렸다.

차장창창창—

맑은 유리잔이 깨지는 듯한 소리가 만들어졌다.

"끄아아아아아악!"

손학규 도방은 마치 생살이 찢겨지는 듯 비명을 내질렀
다.

박현은 오른손으로 주먹을 말아쥐어 그의 머리를 후려쳐
깨부쉈다.

파삭!

『시끄럽게시리.』

박현은 핏물이 묻은 양손을 손학규 도방의 옷에 문대며
자리에서 일어났다.

그리고 몸을 부르르 떨며 포효했다.

"크하아아아아아앙!"

승리를 울부짖는 박현의 가슴에는 손학규 도방의 칼이 꽂혀 있었다.

*　　*　　*

카강!

수십 장의 부적들이 박현의 몸으로 날아들어 원을 그리며 최곤 접장과 잽이들의 칼날로부터 그를 보호했다.

박현은 가슴 깊게 박힌 손학규 도방의 칼을 뽑았다.

푸학!

칼이 뽑히자 가슴에서는 피가 울컥 쏟아졌다.

"끄으!"

충격이 가볍지 않았는지 박현의 몸은 휘청였고, 목으로는 바람 빠진 풍선처럼 새는 숨소리가 나왔다.

박현은 벽에 등을 기댄 채 고개를 돌렸다.

자신이 만들어놓은 조개껍질 위에 부적을 두른 한설린이 서 있었다.

창백하기 그지없는 모습.

그럼에도 박현은 그녀를 향해 손을 뻗었다.

스스슷—

그녀 스스로 날아오는 것인지, 아니면 박현의 손짓에 끌려오는 것인지 한설린은 부적을 타고 박현의 품으로 날아와 안겼다.

박현은 그녀의 가슴에 손을 얹었다.

"으윽!"

박현의 눈이 부릅떠지며 흰자위에 붉은 핏발이 섰다.

"끄으으으으으!"

박현의 손을 타고 검붉은 상처의 기운이 그녀에게로 옮겨갔다. 그 고통에 한설린은 부르르 떨다가 정신을 잃은 듯 바닥으로 축 처졌다.

박현은 그런 그녀를 재빨리 안아 들었다.

『너는 내가 너를 버리지 못하게 만드는구나.』

박현은 뽑은 칼날을 최곤 접장에게 던졌다.

카강!

『다음에 다시 놀자. 피 냄새— 진하게.』

박현은 서서히 힘을 잃어가는 부적들을 방패 삼아 몸을 날려 벽을 타고 빠르게 계단을 내려갔다.

*   *   *

"뭐, 뭐라?"

최치영은 마치 석상처럼 우두커니 서서 아무런 반응을 보이지 않았다. 그만큼 손학규 도방의 죽음이 주는 충격이 크다는 방증이었다.

"아—, 아—."

잠시 후 정신이 든 최치영은 구슬픈 신음을 내뱉으며 다리에 힘이 풀린 듯 의자에 털썩 주저앉았다.

손학규는 정신적인 후계자였다.

물론 마음이 그렇다는 것이지 핏줄에 비할 바는 아니기는 하여도, 그만큼 그를 아꼈던 최치영의 마음이었다.

그에게 참담함을 전한 이철강 접장도 최치영과 별반 다르지 않았다.

다른 점은 먼저 그 소식을 접했기에 충격을 조금 덜어낸 모습이었고, 충격이 지나간 마음을 진한 살심으로 채웠다는 것이다.

"남은 잽이들은?"

충격에서 겨우 벗어난 최치영은 힘이 빠진 목소리로 물었다.

"이준석 접장을 포함해 접장 셋이 죽었습니다. 그리고 잽이 반수 이상이 크게 다치거나 죽었습니다."

"고작 그놈 한 놈 때문에 잽이의 반 이상이 무너져?"

탄식은 지독한 살심으로 바뀌었다.

"그리고 애들 다독인 후 그 녀석 주변을 샅샅이 파! 옷깃이라도 스친 놈들이란 놈들은 모조리 죽여버릴 테야!"

최치영의 눈에서 살기가 폭사되었다.

*　　　*　　　*

"뉘신지."

결계가 울자 무신도 앞에서 정갈하게 신을 향해 기도를 올리던 신비선녀가 눈을 떴다. 잠시 후 그녀의 동공이 부릅 떠졌다.

자신의 것과 똑 닮은 상처 입은 신력을 느낀 것이었다.

닮은 신력, 그건 한설린의 신력이었다.

신비선녀는 황급히 굳게 닫힌 미닫이문을 열었다.

대기실 겸 거실에는 한설린이 누워 있었다.

"린아."

신비선녀가 한설린에게로 다가가 품에 안을 무렵 결계가 다시 출렁거렸다.

누군지 보지 않아도 알 수 있었다.

"하―."

신비선녀는 복잡한 눈으로 미약한 신음을 흘리는 한설린을 내려다보았다.

1) 홍백탈: 홍백탈 혹은 홍백양반. 통영오광대와 고성오광대 놀이에 나오는 탈 중의 하나다. 특이한 점은 통영오광대와 고성오광대에서 나오는 홍백탈의 색의 위치가 반대다.

7장

국정원 뒤뜰 흡연 장소에 검은 양복을 입은 셋이 커피와 함께 담배를 피며 막간의 휴식을 취하고 있었다.

"또 피냐?"

최고참 선임의 타박에 막 신참을 벗어난 후임이 멋쩍은 웃음을 지었다.

"후딱 피우고 들어가겠습니다."

"뭘 그렇다고 또 후딱 피워. 그거 피워봐야 시간 얼마나 된다고. 천천히 피고 들어와."

최고참 선임은 다 마신 종이 커피잔을 구겨 농구 폼으로 쓰레기통에 던졌다. 아쉽게 둥글게 말린 커피잔은 쓰레기통 입구에 맞고 바닥으로 튕겼다.

"맨날 못 넣으면서 그러십니까."

중간 선임이 투덜대며 쓰레기통으로 다가가 자신의 빈 커피잔과 함께 선임의 커피잔을 주워 쓰레기통에 넣었다.

"아~ 이상해. 이번에 스냅 느낌이 좋았는데 말이야."

최고참 선임은 손목을 까딱였다.

"언제 안 좋았던 적 있습니까?"

"인마, 안 좋았을 때도 있어."

최고참 선임은 후임 중간 선임의 엉덩이를 발로 툭 차며 흡연 장소를 벗어났다.

"어머니께 전화냐?"

중간 선임이 슬쩍 물었다.

"……네."

후임은 머리를 긁적이며 대답했다.

"천천히 피고 올라와."

"옙."

중간 선임도 최고참 선임을 따라 건물로 올라가자 후임은 담배를 물며 느긋하게 주변을 살폈다. 아무도 없다는 것을 확인한 후임 국정원 요원은 전화를 들었다.

잠시 신호가 가고.

"어머니, 접니다."

"네네, 잘 지내고 있습니다."

"조만간에 한 번 내려갈게요. 건강하다니까요."

일반적인 안부가 오가는 통화가 어느새 바뀌었다.

"최가에서 국정원을 통해 도련님의 주변을 캐고 있습니다. 그분을 찾기 어려워 주변부터 분풀이하려는 듯 보입니다. 네네. 그럼요, 조심 또 조심할게요. 네, 그럼 끊어요. 사랑합니다, 어머니."

*   *   *

"그래, 나도 사랑한다."

부드러운 목소리로 전화를 끊는 이는 바로 김말자였다.

"언니."

김말자는 납골당 박일태의 사진을 바라보고 있는 안순자를 불렀다.

"무슨 일이 있는 게야?"

"보상 최가에서 도련님 주변을 캐고 있다네요."

"주변이라면……, 양 회장밖에 없겠구나."

"미친놈들이 경찰서 쪽도 손대는 건 아니겠죠?"

"그쪽까지 막을 손은 없구나. 대신 그 누구냐? 청에 있다는."

"안필현 총경이요?"

"그래. 적당히 정보를 흘려주거라."

"알았어요."

김말자는 고개를 끄덕였다.

안순자는 손을 뻗어 자그만 유리창 너머 활짝 웃고 있는 박일태의 사진을 어루만졌다.

"맛나게 드오."

안순자는 종이가방에서 자그만 반찬 통 하나와 소주 한 병을 꺼내 그의 앞에 차렸다. 반찬 통 안에는 멸치무침이 들어 있었다.

"우예 그쪽은 지낼 만한교? 어여 당신 따라가야 할 텐데."

안순자가 넋두리를 늘어놓으며 막 술잔을 채울 때였다.

다다닥—

구두 소리가 적막한 실내를 두들겼다.

"무……."

"도련님. 도련님!"

젊은 운전기사가 최대한 목소리를 죽여 입구를 가리키며 연신 외쳤다.

"뭐?"

김말자의 눈이 동그랗게 떠지며 안순자를 쳐다보았다. 안순자도 너무 놀란 듯 이러지도 저러지도 못했다. 젊은 운전기사는 둘을 데리고 재빨리 모퉁이를 돌았다.

저벅 저벅 저벅

아슬아슬하게 셋이 숨자 박현이 납골당 안으로 걸어들어왔다. 그의 손에는 검은 봉지가 들려 있었다.

박현은 박일태의 납골함 앞으로 익숙하게 걸어와 걸음을 멈췄다.

'……?'

납골함 유리문이 열려 있었다.

그리고 그 앞에 눈에 익은 멸치무침과 함께 소주가 놓여 있었다.

누가 왔다는 뜻.

그리고…… 잠시 자리를 비웠거나 아니면 서둘러 자리를 떴거나.

박현은 납골당 앞에 서 있는 사내가 갑자기 안으로 뛰어 들어 간 것을 떠올렸다.

모르는 얼굴이라 신경을 쓰지 않았지만.

'나를 알고 있다는 뜻인데.'

박현은 바닥에 사온 소주와 마른멸치를 내려놓으며 귀를 활짝 열었다.

사삭—

옷깃이 스치는 소리가 구석진 곳에서 들려왔다.

박현은 빠른 걸음으로 구석으로 걸어갔다.

막 모퉁이를 돌 무렵이었다.

팡— 팡—

"아이고, 깜짝이야!"

옷을 툭툭 치며 한 중년 여인이 걸어나오다가 박현을 보고 기겁했다.

그녀는 김말자였다.

시골 시장에서 볼 법한 몸뻬 바지에 허름한 블라우스에 빛바랜 핑크빛 조끼를 입고 있었다.

"어어? 혹시……."

김말자는 화들짝 놀랐다가 박현의 얼굴을 보더니 눈초리를 가늘게 만들며 그의 얼굴을 낱낱이 훑었다.

'군산댁.'

박현은 그녀를 단번에 알아보았다.

어릴 적 두어 집 건너에 살던 젊은 미망인.

'이름이 아마…… 김말자였던가?'

"현이 아니여?"

할머니가 죽고 얼마 지나지 않아 그녀도 그 동네에서 떠났던 걸로 기억이 난다.

"맞습니다만."

박현은 그녀를 모른 척하며 표 나지 않게 그녀의 몸을 빠르게 훑었다.

"나여, 나. 군산 아줌마? 기억 안 나?"

그녀는 박현에게 바투 다가서서 그의 손을 잡고 다른 손
으로 팔을 마구 쓰다듬었다.

"기억납니다. 그간 잘 지내셨습니까?"

"예나 지금이나 무뚝뚝한 건 매한가지네. 어릴 때는 안
그러더니."

김말자는 박현의 손을 놓으며 박일태의 납골함 쪽으로
고개를 돌렸다.

"할아버지 보러 온 거야?"

"네."

"그렇구나."

박현은 김말자의 반걸음쯤 뒤에 서서 박일태의 납골함
앞으로 걸어갔다.

'고급 시계. 그리고 양말. 안경. 굳은살 없는 부드러운
손, 반지 자국.'

그녀가 입고 있는 옷과 어울리지 않는 것들이었다.

그리고 무엇보다 그녀의 몸에서 나는 은은한 향수 냄새.

외국 명품브랜드 향수 향이었다.

'누구야, 너는?'

자신을 보고 들어온 운전기사는 여전히 보이지 않는다.

그녀가 나온 쪽으로 화장실이 있다고는 하지만, 그런 운전기사가 오래 자리를 비우는 법은 없다.

"자주 오시는가 봅니다."

"자주는 무슨. 먹고 살기 바쁜 년이. 며칠 전에 꿈에 언니랑 형부가 나와서 몇 년 만에 와본 거야. 오는 김에 형부 좋아하시는 멸치도 가져오고."

김말자는 넉넉한 웃음을 보였다.

멸치 무침, 박일태가 좋아하던 것이 맞다.

문제는 어릴 적 기억에 그녀는 멸치 무침을 할 줄 몰랐다. 그렇다고 배우지도 않았다. 그냥 할머니, 안순자가 해주는 것이 맛있고 좋다며 얻어가기만 했었다.

그때의 기억을 바탕으로 흉내를 내었을 수도 있지만.

아무리 머리를 돌려봐도 아귀가 맞지 않았다.

꼭 퍼즐 하나가 빠진 것처럼.

"형부, 언니. 현이 왔으니까 나는 이만 가볼게요."

뭐가 급한지 자리를 뜨려 했다.

박현의 손이 움찔거렸다.

그녀의 목으로 손을 가져갈 때였다.

자박 자박 자박—

번잡한 발걸음 소리와 함께 가족으로 보이는 이들이 추모관으로 들어왔다.

'쯧.'

박현은 혀를 차며 다시 손을 내렸다.

"그럼 나는 이만 갈게."

김말자는 종종걸음으로 추모관을 빠져나갔다.

박현은 재빨리 고개를 돌려 화장실 쪽을 쳐다보았다. 박
현은 눈매를 살짝 구기며 빠르게 화장실로 향했다. 화장실
에는 아무도 없었다.

'여자 화장실?'

박현은 귀를 활짝 열며 여자 화장실로 들어갔다.

아무런 인기척도 없었다.

화장실 내부를 보니 위쪽에 창문이 하나 있었고, 그 창문
이 활짝 열려 있었다.

박현은 벽을 밟으며 화장실로 뛰어올라 밖을 쳐다보았
다. 자신을 보고 사라졌던 기사가 김말자를 태웠고, 이내
그 차는 추모공원을 빠져나갔다.

'한 명이 아니다?'

틴팅이 진하게 되어 있어 정확하게 알아볼 수는 없었지
만, 김말자 옆에는 또 다른 이가 앉아 있었다.

'1055.'

박현은 차 번호를 외웠다.

"뭐, 뭐하시는 거예요?"

뒤에서 신경질적인 여자 목소리가 들려왔다.

"죄송합니다. 급해서 그만……."

박현은 고개를 숙이며 젊은 여자를 피해 여자 화장실을 나갔다.

"정말 별꼴이야!"

이어서 뭐라뭐라 짜증이 담긴 신경질적인 소리가 들려왔지만 박현은 무시하고 남자화장실로 들어갔다. 화장실 칸으로 들어간 박현은 변기에 뚜껑을 닫고 그 위에 앉았다.

그리고 익숙하게 양두희의 번호를 찾아 누르려던 그의 손이 멈췄다.

김말자, 자신이 어릴 적 알던 그녀가 아니다.

그때부터 무엇인가 숨겨왔던 걸까?

아마도 그럴 확률이 높다.

그렇다면 그쯤 인연을 맺은 이들은?

"제기랄."

의심이 의심을 꼬리를 물자, 주변의 모든 이를 의심하는 상황이 되어버렸다.

양두희, 그리고 강두철.

둘을 믿을 수 있을까?

지금 현재 가장 믿을 수 있는 이들이 그 둘이지만, 지금 이 상황에서는 아니었다. 그들을 믿을 수 없다.

그녀를 찾아주지만, 자신을 모르는 이를 찾아야 했다.

잠시 짬을 내 할아버지와 할머니를 찾아왔건만, 가뜩이나 정신이 없는데 골치 아픈 일거리가 하나 더 생겼다.

"쯧."

박현은 혀를 차다 말고 갑자기 자리에서 벌떡 일어나 추모관으로 향했다.

사진 속에 활짝 웃고 있는 박일태와 안순자를 보았다.

'할아버지, 할머니. 도대체 무엇을 숨기신 겁니까?'

그들의 대답은 없다.

'아니면…….'

박현의 눈빛이 가라앉았다.

'제게 남기진 못한 말씀을 전해 주는 겁니까?'

김말자, 그녀는 어쩌면 자신의 비밀을 알고 있을지 모른다는 생각이 들었다.

탁.

박현은 김말자가 따라놓은 소주잔을 비우고, 그녀가 놔두고 떠난 멸치무침을 하나 집어 먹었다.

"……!"

동시에 박현의 동공이 크게 확장되었다.

안순자의 맛.

어릴 적 그 맛이 분명했다.

'김말자.'

박현의 눈동자가 더욱 깊게 가라앉았다.

*　　　*　　　*

박현은 허름한 건물 3층에 자리한 사무실로 들어갔다.

소파에서 배를 드러내고 누워 있던 사내가 어정쩡하게 몸을 일으키며 물었다.

"누구쇼?"

박현은 맞은편 소파에 앉으며 들고 온 서류봉투를 테이블 위에 툭 던졌다.

"사람 잘 찾는다고 하던데."

"아이구, 손님이셨구만."

사내는 껄렁한 표정으로 자리에서 일어났다.

"커피 아니면⋯⋯."

"됐고, 앉아."

박현의 말에 엉거주춤 일어나던 사내는 자리에 다시 앉았다.

"손님이 왕이기는 한데 말투가 영 껄떡합니다그려."

기선 제압이라도 하려는 듯 사내는 입가에 미소를 지우지 않은 채 눈을 부라렸다.

박현은 그 눈에 피식 웃음을 터트리며 그를 향해 은은한 살기를 쏘아 보냈다.

살기가 몸을 옥죄자 그의 눈동자가 흔들렸다.

그 모습에 박현이 히죽 웃었다.

"쉽게 가자."

"……네, 넵!"

사내, 심부름센터 사장은 마치 이등병처럼 각을 잡으며 대답했다.

"뭐해?"

박현은 턱으로 그의 앞에 던져 놓은 봉투를 가리켰다.

심부름센터 사장은 서둘러 봉투를 열었다.

봉투 안에는 김말자의 몽타주와 간단한 인적 사항이 적혀 있었다. 사실 말이 인적 사항이지 그녀의 이름과 그녀가 과거에 살았던 판잣집 동네, 그리고 그녀가 타고 떠났던 차량 번호가 끝이었다.

심부름센터 사장의 눈가가 살짝 찌그러진 것은 당연지사.

"……저."

살기 한 번에 확실히 자세가 저자세로 바뀌었다.

"쉽지 않은 거 알아."

"이 정도면 금액이……."

박현은 품에서 오만 원권 두 다발을 탁자 위로 던졌다.

"대충 시세는 아니까 후려칠 생각하지 말고. 넉넉하게 넣었고, 찾으면 지금 액수를 더 주지."

오만 원권 두 다발이면 천만 원.

운이 좋아 금방 찾으면 대박이지만, 그렇지 못하면 손실이야 없겠지만 남는 것도 없다. 하지만 일천만 원이 성공보수로 붙는다면 초대박 아니면 대박이다. 최악의 경우에도 넉넉하게 남는다.

"최대한 빨리 찾겠습니다, 사장님."

박현은 고개를 끄덕이며 자리에서 일어났다.

"찾고 어디로 전화를 드리면 되겠습니까?"

심부름센터 사장도 함께 자리에서 일어나며 물었다.

"보름 후쯤 연락 한번 하지."

연락처를 주지 않겠다는 말.

"알겠습니다. 그때까지 최선을 다하겠습니다."

"너무 늦지만 않으면 돼."

박현은 뒤도 돌아보지 않고 심부름센터를 나가고, 곧이어 직원 셋이 식사를 마친 듯 이쑤시개로 이를 쑤시며 사무실로 들어왔다.

"손님 온 것 같던데……."

그들이 오건 말건, 심부름센터 사장은 자리에 털썩 주저

앉아 몸을 부르르 떨었다.

"사장님?"

"형님."

직원 셋은 그런 심부름센터 사장을 보며 고개를 갸웃거
렸다.

＊　　　＊　　　＊

"철강이."

"예, 대방."

이철강 접장이 최치영의 말을 받들었다.

"그 새끼 주변은 어떻게 되었어?"

"고아 출신이라 특별히 걸리는 이들은 없었습니다."

"그래도 친하게 지내는 녀석들은 있을 거 아니야?"

최치영의 목소리는 짜증과 분노가 섞여 더욱 날카로워졌
다.

"뒈지면 그 새끼가 가슴 아파할 놈이 한 놈 정도는 있을
거 아니야?"

"……그게."

이철강 접장은 곧바로 대답하지 못하고 잠시 머뭇거림을
보였다.

"없어?"

"그의 인간관계는 전무하다시피 합니다."

"이 새끼야. 귓방망이를 먹었나. 세상에 홀로 살아가는 놈이 어디 있어?"

"그와 연관된 이는 직장 동료인 형사과 형사들과 일산 조폭인 일청파 정도입니다."

"그리고?"

당황할 정도로 인간관계가 짧게 끝나자 최치영이 물었다.

"……없습니다."

"뭐?"

목소리에 이어 최치영의 얼굴에도 황당함이 담겼다.

"경찰을 노리기에도 문제가 있습니다."

"뭐가 이렇게 문제가 많아?"

"그 형사과에 한성그룹 막내가 소속되어 있습니다."

"어디?"

"한성그룹입니다."

"막내면 재계에 얼굴도 안 비치는 계집년을 말하는 건가?"

"그렇습니다."

"끄응."

최치영은 앓는 소리를 삼켰다.

한성그룹은 국내 굴지의 기업이다.

비록 검계와 끈끈한 인연을 잇지는 않았지만 그렇다고
거리를 두지도 않았다. 무작정 들이박기에는 덩치가 커도
너무 컸다.

"그럼 조폭밖에 없는 거야?"

"예."

"뭐 이런 미친……."

형사와 조폭.

흔히 악어와 악어새에 비유하는 그 관계가 친해 봐야 얼
마나 친하겠나?

♪~♩ ♪~♩ ~♫

전화벨 소리에 최치영은 인상을 구기며 전화기를 들었다.

"나요."

《최 대방. 지금 무슨 일을 이따위로 처리하는 것이오?》

수화기 너머로 들려오는 목소리에 최치영의 얼굴이 구겨
졌다.

"윤 계주."

최치영은 목소리를 깔아 그를 불렀다.

"죽고 싶지 않으면 그 입 닥쳐."

목소리는 한없이 낮았지만, 그의 분노는 명확하게 전달
되었다.

《그 말…… 책임질 수 있겠소?》

검계주 윤석의 목소리가 한없이 차가워졌다.

"나 지금 눈에 보이는 거 없어. 그리고 할 테면 해 봐. 뒷감당은 당신들이 해야 할 거야."

《…….》

"흥!"

수화기 너머 정적이 흐르자 최치영은 콧방귀를 뀌며 전화를 끊어버렸다.

"주변을 더 파봐. 분명 한 놈 정도는 걸릴 터이니. 그리고 그 새끼 소재도 빨리 파악하고."

＊　　　＊　　　＊

"허허, 허허허."

윤석 계주는 전화기를 내려다보며 어이없는 웃음을 터트렸다.

"뭐랍디까?"

역발문 문두, 날파람 꼭두쇠 심규호가 윤석 계주의 표정에 물었다.

"지금 눈에 보이는 게 없으니 알아서들 하랍니다."

"지들이 아직도 무뢰배인 줄 아나?"

택견회 회장 사도현이 미간을 찌푸렸다.

"출생이 어디 가겠습니까?"

심규호 꼭두쇠가 이죽거렸다.

"솔직히 지금 이 작당이 마음에 들지는 않지만……, 이 기회에 최가의 심보를 조금 고쳐놓을 필요는 있겠군요."

사도현.

"이참에 문두 회의를 여시지요."

심규호 꼭두쇠의 말에 윤석 계주가 사도현 회장과 눈빛을 교환했다.

"그러시지요."

사도현도 동의를 하자 윤석이 고개를 끄덕였다.

*　　　*　　　*

화려한 네온사인이 골목을 점령한 강남.

모자를 깊게 쓴 박현은 회원제 룸싸롱의 입구를 쳐다보고 있었다.

그 입구 앞에 국내 대형 세단이 멈췄고, 수행기사가 재빨리 내려 뒷문을 열었다. 근엄함을 풀풀 풍기는 흰머리가 희끗한 중년인이 내렸다.

국회의원인 최치영의 둘째 최경호였다.

"정신을 못 차렸어. 이 시국에 룸싸롱이라. 크."

박현은 기대고 있던 벽에서 몸을 바로 세웠다.

최경호는 수행기사의 어깨를 툭툭 치며 룸싸롱으로 들어갔다. 수행기사는 그의 뒷모습을 향해 허리를 숙인 후 차를 몰고 골목을 빠져나갔다.

박현은 재빨리 룸싸롱 입구로 향했다.

이미 한 잔 얼큰하게 마신 탓인지, 아니면 원래 걸음이 느린 것인지 최경호는 여전히 계단을 내려가고 있었다.

'일이 잘 풀리는군. 한참을 기다려야 하나 했는데.'

박현은 씨익 웃으며 계단을 두어 걸음 내려가 그를 불렀다.

"의원님!"

"뭐야?"

최경호는 낯을 찡그리며 몸을 돌렸다.

"기자면 가라."

그리고는 얼굴도 제대로 확인하지 않고 귀찮다는 듯 손을 휘저었다.

"기자는 아니옵고……."

박현은 저자세로 허리를 살짝 숙이며 손을 아공간 가방으로 가져갔다.

"누구 심부름 온 거야?"

최경호는 살짝 비틀거리며 벽을 짚었다.

"네."

"낼 와."

최경호는 짜증을 섞었다.

"중요하신 분이라서요."

박현은 두어 걸음 더 내려갔다.

"아이, 씨—. 도대체 누구 심부름이야?"

"저승."

"누구?"

잘 안 들린 듯 최경호는 목소리를 조금 더 키우며 되물었
다.

"저승사자."

"저승⋯⋯사자?"

말을 들은 최경호의 얼굴이 일그러졌다.

"이 새끼, 지금 장난하나."

"장난 아닌데."

박현은 엽총을 꺼내 곧바로 한 발 쐈다.

탕—

"헙!"

엽총을 보자 최경호는 재빨리 얼굴을 가리며 내력을 끌
어올렸다. 제법 내력이 깊었던지 급하게 만든 호신강기임
에도 꽤나 두터웠다. 하지만 뒤이어 몇 발의 산탄이 그의

몸을 파고들었고, 피가 튀었다.

"한 수는 있다 이건가?"

박현은 훌쩍 뛰어 그의 가슴을 후려 찼다.

"킥!"

박현의 발길질에 최경호는 뒤로 날아가 계단을 뒹굴었다. 박현은 다시 몸을 날려 그의 복부를 찍어 밟았다.

"커억!"

단전이 흔들리는 충격에 최경호의 입이 쩍 벌어졌다.

철컥!

박현은 그 틈을 놓치지 않고 그의 입안으로 엽총 총구를 밀어 넣었다.

"제아무리 고수라도 입안까지 호신강기를 두르진 못한다고 하더라고."

"아, 앙돼……."

탕!

박현은 고개를 젓는 최경호를 향해 마지막 한 발을 쐈다. 그리고 축지를 이용해 재빨리 그 자리를 벗어났다.

"최 회장, 나요."

그 자리를 벗어나자 박현은 전화기를 들었다.

8장

다음 날.

대구 달성 공원, 산책로 벤치에 박현이 앉아 있었다.

박현은 등받이에 몸을 기대며 밤하늘을 올려다보았다. 아름다운 별들이 보이면 좋겠지만, 주변을 빛으로 가득 채운 조명이 만들어 낸 빛공해로 별빛은 보이지 않았다.

'할아버지 집에서 본 별빛이 죽음이었는데.'

박현은 산속 해태의 집에서 본 밤하늘을 잊지 못했다.

살면서 그렇게 하늘을 가득 채운 별들은 처음이었다. 마치 소나기가 쏟아지는 것처럼 느껴지던 별들이 보고 싶어졌다.

'이번 일 끝나면 한번 가봐야겠군.'

이런저런 망상이 이어지던 가운데 은은한 기세가 주변을 채우기 시작했다.

'왔군.'

박현은 생각을 털어내며 기세를 끌어올리는 동시에 기세를 내단 안으로 깊숙하게 숨겼다. 언제라도 폭발시킬 수 있도록 만반의 준비를 하며 고개를 돌렸다.

저벅 저벅 저벅

오십 초로 보이는 사내가 단출한 트레이닝복 차림으로 다가왔다.

"박현?"

사내는 박현을 보며 물었다.

"최 회장?"

"맞군."

박현 옆에 앉는 사내는 보상 최가의 소가주이자 영남그룹 회장인 최경만이었다.

"배짱 하나는 좋군. 나에게 연락을 다 하고 말이야."

"그건 당신이지. 단둘이 만나는 걸 보면."

박현도 웃었고, 최경만도 씨익 웃음을 드러냈다.

"이런 시답잖은 말이나 나누려고 만나자고 한 건 아닐 테고."

"왜 만나자고 한지는 대충 알 텐데."

"그게 내 생각과 일치하느냐가 중요하지."

최경만은 팔짱을 끼며 박현을 쳐다보았다.

"최 대방의 스케줄. 무방비로 홀로 있는 시간이면 더 좋고."

박현의 말에 최경만의 입가에 그려진 미소가 진해졌다.

그 미소는 섬뜩했다.

"딱 기대하던 말이지? 안 그런가?"

박현은 그에 못지않은 차가운 눈빛을 드러냈다.

"그거면 되나?"

"그거면 돼."

"본가 뒷산, 산 중턱에 자그만 공터가 있어. 매일 해 뜨는 시각, 그곳에서 홀로 시간을 보내."

"홀로라."

"문제는 그곳으로 가려면 반드시 본가 뒤편 쪽문을 통해야 해. 그리고 그곳은 항상 잽이들이 지키지."

"당연히 잽이들을 치워 줄 거지?"

"그 정도는 해 줄 수 있지."

"오늘 자정에 그곳으로 가지."

"일 처리가 빨라서 좋군."

최경만은 자리에서 일어났다.

"혹시나 해서 말하는 건데, 뒤통수 칠 생각하지 마."

"……?"

"여차하면 이거 검계로 보낼 거야. 특히 날파람이랑 사이가 안 좋다고 하던데……."

박현은 볼펜처럼 생긴 녹음기를 흔들어 보였다.

"그건 돌려줘야겠어."

"일 끝나면 주지. 물론 복사본도 없을 거야."

"후후."

최경만은 의미를 알 수 없는 웃음을 흘렸다.

"내일부터 편해지면 좋겠어. 그거면 족해."

박현은 슬쩍 손을 흔들며 공원을 벗어났다.

박현이 떠나고, 홀로 남은 최경만의 옆으로 이철강 접장이 조용히 다가왔다.

"형님, 어떻게 할까요?"

"냅둬. 똥차부터 치우는 게 우선이야."

"하지만 두고두고 약점이 될 수도 있습니다."

"언약 스크롤[1] 하나 구해 놔."

"알겠습니다."

"그리고 자정쯤 슬쩍 자리 좀 비워놓고."

"예, 형님."

"내일 아침은 참으로 슬퍼졌으면 좋겠군."

최경만은 뿌연 밤하늘을 바라보며 웃었다.

$$* \qquad * \qquad *$$

결계 안의 또 다른 결계라고 할까?

쪽문을 통해 뒷산으로 오르자 또 다른 힘이 느껴졌다.

"음?"

박현은 길목에 선 최경만을 발견했다.

"모습을 드러낼 줄은 몰랐는데."

박현은 그의 앞으로 걸어갔다.

"나이를 먹으니 잔걱정이 늘어서 말이지."

최경만은 품에서 둥그렇게 말린 양피지 한 장을 꺼내 내밀었다.

"이게 뭐지?"

"언약 스크롤."

그 말에 박현은 약속과 관련된 마법 물품임을 눈치챘다.

"일단 내가 적어놨어. 읽어 봐."

박현은 양피지를 쭉 펼쳤다.

안의 내용은 간단했다.

최치영에 관련해 나눈 이야기와 만남, 함께 행한 모든 일에 대해서 제삼자 누구에게도 어떤 형태로든 발설하지 않는다.

"이를 어길 시에는 심장이 터져 죽는다."

둘만 알아야 하는 비밀로 만들겠다는 뜻.

워낙 계약서가 직설적이고 단순해 특별한 함정 같은 것은 없지만.

"'이 일과 관련하여 최경만은 본인과 그의 영향력을 동원해 박현에게 어떤 위해도 가하지 않는다.'를 추가하지."

박현이 양피지를 흔들었다.

"하하하."

최경만은 나직하게 웃음을 터트렸다.

"스크롤을 처음 보는 거 같은데……."

최경만은 스크롤을 건네받아 박현이 말한 대로 슥슥 적어 내려갔다.

박현은 그가 적은 문구를 확인하며 전화기를 들었다.

"어, 나야. 언약 스크롤, 아무 펜으로 써도 문제가 없나? ……그래, 알았어. 자라."

박현은 박수무장 조완희와 통화를 간단히 마쳤다.

"너무 사람을 의심하는군."

"워낙 못 믿을 세상이라."

박현은 최경만을 보았다.

"그렇기는 하지."

"도장을 찍거나 사인을 하는 건 아닌 거 같고."

"피 한 방울 떨어뜨리면 돼."

최경만이 먼저 침 하나를 꺼내 손가락 끝을 땄다. 피 한 방울이 맺히자 양피지에 떨어뜨렸다.

박현은 그가 건네는 침을 받지 않고 아공간 주머니에서 소도를 꺼냈다. 소도로 손가락 끝을 살짝 찍어 양피지에 피를 떨어뜨렸다.

최경만은 둘의 피가 적셔진 양피지를 찢었다.

화아아악—

은은하지만 음산한 기운이 최경만과 박현의 몸으로 스며들었다.

"건투를 비네."

"오늘 저녁에는 육개장을 끊일 수 있게 해주지."

"요즘 젊은 사람들은 이렇게 한다고 하던데."

최경만은 주먹을 말아쥐며 내밀었다.

박현은 그 행동에 피식 웃으며 주먹을 맞댔다.

최경만은 이내 쪽문으로 나갔고, 박현은 공터로 올라갔다.

*　　*　　*

최경만이 거실로 들어서자 최치영의 불호령이 떨어졌다.

"야밤에 어디를 나돌아다니는 것이냐!"

"마음이 심란해서 바람 좀 쐬었습니다."

"사내놈 배포가 그리 옹졸해서야. 에잉, 쯧쯧."

최치영은 마음에 안 든다는 듯 혀를 찼다.

"그래서 내가 어디 편하게 가문을 맡길 수 있겠느냐?"

질책이 이어졌다.

'그래서 천한 막내에게 가문을 넘겨 주려 했던 겁니까?'

속으로는 울분을 토했지만, 표정에서는 어떤 변화도 드러내지 않았다. 묵묵히 최치영의 질타를 들을 뿐이었다.

"어서 올라가 자라."

"그만 올라가 보겠습니다. 편히 주무십시오."

최경만은 허리를 숙인 후 2층으로 올라갔다.

2층으로 올라간 최경만의 얼굴은 조금 전과 달리 일그러져 있었다.

'후우—.'

깊은숨도 소리를 죽였다.

'내일, 내일이면!'

최경만은 주먹을 꽉 쥐며 비릿한 미소를 지었다.

*   *   *

"몸도 성치 않은데, 나오지 말래두."

"아니에요. 그래도 어찌……."

"어서 들어가 쉬어."

"나가시는 것만 보고요."

최치영은 첩 김윤옥의 마중을 받으며 집을 나섰다.

아직 해가 뜨지 않아 밖은 어둑어둑했다.

최치영은 가볍게 몸을 풀며 뒷마당 쪽문으로 향했다.

"수고들 해."

최치영은 뒷문을 지키고 있는 잽이들에게 수고의 말을 건네며 자신만의 수련처로 들어섰다.

어둑하던 밤은 조금씩 밝아지고 있었다.

"흐읍──, 후아──, 흐읍──, 후아!"

최치영은 맑은 숲 공기를 크게 들이마시며 느릿느릿한 걸음으로 산 중턱으로 올라갔다.

"음?"

낯선 기운에 최치영은 눈빛을 번뜩였다.

"들짐승이 들어온 모양이군."

잠시 기운을 살핀 최치영은 입꼬리를 말아 올렸다.

기운을 보아하니 산전수전 다 겪은 대형 멧돼지가 틀림없었다.

이런 일이 아주 없었던 것도 아니고.

가뜩이나 분노를 풀지 못해 울화통이 터지기 일보 직전
이었다.

"오랜만에 손맛을 좀 볼까?"

최치영은 혀로 입술을 핥고는 깍지를 껴 기지개를 켜며
몸을 풀었다. 적당히 몸이 풀리자 최치영은 몸을 살짝 웅크
리고는 발걸음을 죽이며 풀숲으로 향했다.

"이놈아, 어디 있나?"

점점 가까워지는 기운은 생각 이상이었다.

"크르르르."

미약한 울음이 들려왔다.

'……!'

울음은 멧돼지의 것이 아니었다.

'삵?'

아니 삵의 울음이라고 하기에는 그 울음의 크기가 컸다.

문득 불안감이 그를 엄습해왔다.

사삭— 사삭—

풀잎 비벼지는 소리가 가까워졌다.

'호, 호랑이!'

풀숲 사이로 드러난 것은 송아지보다도 큰 한 마리 호랑
이였다.

새하얀 색.

'……!'

백호를 보는 순간 최치영의 머릿속에 반신 하나가 떠올랐다.

'박현!'

"크하아아아아앙!"

동시에 커다란 백호는 울음을 터트리며 최치영을 향해 달려들었다.

*　　　*　　　*

"크하아아앙!"

박현, 백호는 십수 미터를 단 몇 걸음에 좁히며 허공으로 몸을 날려 최치영을 덮쳤다.

"핫!"

최치영도 결코 녹록지 않은 상대라는 것을 보여주려는 듯 유려하게 몸을 내빼며 박현의 턱을 향해 발길질을 차올렸다.

"크르!"

그 순간 반체가 몸을 틀며 진체로 변했다.

진체를 드러낸 박현은 능숙하게 최치영의 발길질을 피하

며 그의 가슴으로 날카로운 손톱을 뿌렸다.

"하앗!"

최치영은 허리를 뒤로 젖히며 박현의 공격을 피하는 동시에 빠르게 뒤로 물러났다.

『크크.』

그 순간 박현의 신형이 사라졌다.

축지!

박현이 모습을 드러낸 곳은 허리를 젖힌 채 뒤로 물러나는 최치영의 머리 위였다.

쾅!

박현은 그대로 최치영에게로 뚝 떨어지며 그의 가슴을 짓밟았다.

"크윽!"

300kg이 넘는 무게가 그의 가슴을 짓밟자 최치영의 입에서 신음이 튀어나왔다. 최치영은 목구멍을 타고 튀어나오는 핏물을 삼키며 누운 채 박현의 다리를 걸어찼다.

박현은 재빨리 발을 들어 그의 발을 피하려 했지만, 최치영의 기술이 좀 더 노련했다. 최치영은 그 순간 다리를 좀 더 들어 박현의 복숭아뼈를 정확하게 걸어 당겨버린 것이었다.

쾅당!

박현은 절호의 기회를 살리지 못하고 엉덩방아를 찧듯 그 자리에 넘어졌다.

최치영은 재빨리 몸을 일으켜 돌로 만들어진 테이블로 향했다. 그리고 테이블 한편에 세워진 지팡이를 움켜잡았다.

챙─

지팡이로 뭘 할까 싶었지만, 최치영은 지팡이 안에 숨겨진 칼을 뽑아들었다.

"네놈의 껍질을 벗겨 내 서재에 깔아주마."

검을 잡자 그의 투기가 좀 더 서늘하게 변했다.

역발문이라고는 하지만 정통 무문(武門)은 아니라서 그런지 검도 다루는 모양이었다.

최치영은 택견과 비슷한 삼박자의 품을 밟으며 박현과의 거리를 좁혀왔다.

일가의 가주라서 그런지 그의 검에서 느껴지는 예기는 삭풍처럼 매섭게 다가왔다. 맨몸으로 상대하다가는 자칫 중상을 입을 터.

좌라라락!

박현은 건틀렛을 펼쳐 손목을 보호했다.

방패만큼은 아니지만 단단한 방어구가 만들어지자 최치영은 눈살을 슬쩍 찌푸렸다.

하지만 그는 걸음을 멈추지 않았다.

쑤아아악!

굼실거리는 택견과 달리 직선적이면서도 호쾌하게 달려와 박현을 향해 검을 휘둘렀다.

카앙!

박현의 건틀렛과 최치영의 검 사이에서 불꽃이 튀었다.

서걱— 서걱—

이어진 공방에서 박현의 몸에서 피가 튀기 시작했다. 힘에서는 박현이 확실한 우위를 점하고 있었지만, 최치영은 노련함으로 박현의 틈을 정확히 노렸다.

카강 카가각!

박현은 막을 수 있는 칼날만 막으며 우직하게 최치영의 품으로 파고들었다.

퍼버버벅!

마치 복싱의 인파이터처럼 파고든 박현은 보디 훅으로 최치영의 몸을 잡은 후 보디 블로우로 사정없이 연타로 후려쳤다.

"끄으…… 꺼억!"

박현의 주먹을 견디기 어려웠는지 최치영은 뒤로 물러났고, 박현은 그런 그의 가슴을 발로 차듯 밀었다.

그그그그극!

최치영은 넘어지지 않으려 다리에 힘을 줘 버렸지만 박현의 무지막지한 힘을 이기지 못하고 바닥에 긴 홈을 남기며 뒤로 밀려났다.

최치영은 겨우 바닥을 버티고 서 있을 뿐, 다리는 후들후들거리고 있었다.

"캬앗, 퉷!"

내장이 상한 듯 최치영의 목이 잠시 울컥거리더니 붉은 피를 내뱉었다.

박현의 몸도 그다지 성하지만은 않았다. 마치 피를 흠뻑 뒤집어쓴 것처럼 상반신은 피로 물들어 있었다.

『크크크.』

그럼에도 박현은 웃음을 내뱉었다.

박현의 몸은 보이는 것과 달리 큰 상처는 없었다. 반면 얼굴만 핼쑥해 보이는 것 외에는 멀쩡해 보이는 최치영이 오히려 상당히 중한 내상을 입었던 것이었다.

'저 칼부터 어떻게 해야겠군.'

박현은 웃음기 속에서 최치영의 손안에서 흔들거리는 지팡이 칼을 일견하며 눈살을 슬쩍 찌푸렸다. 비록 자잘한 상처라고는 하지만 그게 쌓이고 쌓이면 위험하다.

"후우—, 역시 나이는 못 속이는 건가?"

최치영은 얼굴을 찡그리면서도 여유를 드러냈다.

'여유라…….'

삐이이이익!

최치영은 양손을 입으로 가져가 길게 휘파람을 불었다.

적을 알리거나 그에 준한 신호일 것이다.

『훗―.』

아무도 오지 않을 것을 알기에 박현은 조소를 머금었다.

『……!』

하지만 이내 그의 눈은 살짝 커지며 동시에 찌푸려졌다.

다다다닥!

들리지 않아야 할 다수의 발걸음 소리가 아래에서 들려오기 시작했기 때문이었다.

'배신인가?'

아니, 그럴 리는 없다.

'아니면 그의 손길이 닿지 않는 잽이들일까?'

박현은 입술을 지그시 깨물었다.

"아버님!"

가장 선두에서 달려온 이는 다름 아닌 장남, 최경만이었다. 그 뒤로 이철강 접장과 잽이 여섯 명이 작살처럼 생긴 대반신무구를 들고 있었다.

"어쩐 일로 마음에 쏙 드는 일을 하는구나."

최치영은 잽이들이 챙겨온 무구를 보고는 흡족한 미소를

띠며 뒤로 물러났다. 동시에 박현의 눈동자에도 조소를 담은 눈빛이 스쳐 지나갔다.

"목숨은 살려 놔라."

최치영의 말에 최경만이 이철강 접장을 바라보았다.

물론 그 사이 최경만은 박현과 눈빛을 교환했다. 스쳐 지나가는 듯한 찰나의 마주침이었지만 박현은 그 눈빛을 알 수 있었다.

"철강아. 시작하자."

최경만의 명령은 어딘가 느릿하고 여유가 묻어나왔다.

그 말에 잽이들은 작살총, 대반신무구를 박현을 향해 겨눴다.

"쏴라!"

이철강의 명에.

척척척척—

잽이들의 총구가 한순간 최치영에게로 돌아갔다.

"이, 무슨……!"

최치영은 너무 놀라 사고가 잠시 멈춘 듯 눈만 잠시 깜빡였다.

푸욱— 푸부북!

자신을 향한 잽이들의 총부리의 의미를 미처 이해하기도 전에 그의 팔다리와 배에 작살이 꽂히고 말았다.

좌라락—

잽이들은 재빨리 사방으로 퍼져 최치영이 움직이지 못하도록 잡아당긴 후 작살에 달린 쇠사슬을 땅에 박았다.

"끄으으으으!"

최치영은 고통에도 불구하고 눈을 부릅 치켜떴다.

"네 이놈! 지금 이게……."

철컹 철컹!

최치영은 최경만을 향해 분노의 고함을 내지르며 쇠사슬에서 벗어나려 몸부림쳤다.

"그러게 왜 그러셨습니까?"

최경만은 조금은 슬픈 표정으로 최치영 앞에 섰다.

"평생 아버지의 마음에 들기 위해 노력해 왔습니다. 저도 어느새 환갑입니다, 아버지. 어째 그런 저를 두고, 근본도 모를 여자가 낳은 녀석을 후계자로 삼으시려 했던 겁니까!"

최경만의 목소리는 서서히 커지는가 싶더니 마지막에 가서는 발악을 하듯 악쓰는 소리가 되었다.

"그건 말이다."

최치영은 당황한 듯 무슨 말을 더 내뱉으려 했지만, 최경만은 그의 아혈을 짚어버렸다.

"……, ……."

최치영은 무언가 말을 더 하려 했지만, 아혈을 점혈당해 더는 목소리를 입 밖으로 내지 못했다.

"이제 와 더 이야기를 나눠 봐야 뭐하겠습니까? 후우—."

최경만은 깊게 숨을 내쉬며 돌아섰다.

"못난 꼴을 보였군."

"크르르르."

박현은 어깨를 으쓱했다.

"마무리를 부탁하지."

『......?』

"이렇다 한들 내 손에 아버지의 피를 묻힐 수는 없지 않은가?"

최경만의 말에 박현은 피식 웃음을 터트리며 최치영 앞으로 걸어갔다.

"어, 어......."

배반의 분노일까, 아니면 살고자 하는 바람일까? 최치영은 바람 빠지는 풍선과 같은 이상한 소리를 내며 이철강 접장을 노려보았다. 눈빛 하나만으로 무엇을 말하는지 이철강 접장은 알 수 있었다.

"최 회장님의 수족이 되어라 가르치신 분은 다름 아닌 대방 어르신입니다."

이철강은 정중하게 허리를 숙였다.

"으……, 아……."

최치영은 소리 빠진 고함을 내지르며 손발을 이리저리 움직였지만 그를 꽁꽁 옭아맨 쇠사슬은 조금도 느슨해지지 않았다.

『이제 끝내지!』

박현은 진체를 풀며 최치영의 휘둘렀던 지팡이 검을 집어들었다.

푹!

박현은 한 치의 망설임 없이 정확히 그의 심장을 찔렀다.

"……!"

최치영은 눈과 입을 부릅뜨고는 고통에 몸부림쳤다. 그 몸부림도 얼마 가지 않았다. 그의 몸은 잔경련 후에 물먹은 솜처럼 축 처졌다.

"이만하면 장사 지내기에 좋을 거야."

"괜한 수고를 했어. 어차피 화장할 생각이니까."

"역시 오지랖은 쓸데없는 짓이었군."

박현은 몸을 돌렸다.

"며칠 후에 저녁이나 먹지."

"……?"

"생각 같아서는 후딱 끝내고 싶지만, 외부에 보는 눈도 있으니 삼일장 정도는 지켜야지."

"밥이라……."

박현은 그의 말을 입 안에서 되새겼다.

"어차피 한배를 탔고, 오월동주도 아니니 좀 더 함께 타는 것도 좋지 않겠나?"

"연락해."

박현은 손을 들며 걸음을 다시 내디뎠다.

그가 떠나고.

"철강아."

"예, 형님."

"그 천한 계집년 가둬 놔."

최경만은 이를 빠드득 갈았다.

"그리고 어머니 본가로 모셔 오고."

*   *   *

"이게 얼마 만에 맞이하는 일상의 평화로움인가?"

박현은 맥주로 가볍게 목을 축인 뒤 의자를 뒤로 비스듬히 젖히며 목 뒤로 팔을 가져갔다.

"히히히, 나도 좋아야."

서기원이 가스레인지 앞에서 막사발에 담긴 동동주를 한

모금 마시며 어깨춤을 췄다.

"흠흠. 으~, 냄새 죽인다. 언제 다 되냐?"

구수한, 하지만 누군가에게는 비리디비린 생선 냄새가 주방을 가득 채우고 있었다.

"됐다!"

서기원은 재빨리 노릇노릇하게 구워진 생선을 접시에 담아 식탁 중앙에 놓았다.

"오—, 이것은!"

"이름하야, 안동 간고등어!"

서기원이 박현의 말에 추임새를 넣어 이어받았다.

"간고등어 좋지."

"먹자."

서기원은 김이 모락모락 나는 하얀 쌀밥을 가져왔다.

박현은 쌀밥에 고등어를 올려 한 입 먹었다.

고소하면서 달달한 쌀 맛에 짭조름한 고등어 맛이 입 안을 가득 채웠다.

"으으으! 맛나야."

"맛있을 때는……."

박현이 맥주잔을 들었다.

"히히히."

서기원도 막사발 잔을 들었다.

챙—

가볍게 잔이 부딪히고 둘은 시원하게 잔을 비웠다.

드르르륵— 끼익—

"아—, 아—. 배고파…….."

밖에서 기름칠 되지 않은 문이 삐거덕 열리며 조완희의
목소리가 들려왔다.

"이게 무슨 냄새지? 으윽!"

이어 코를 막고 괴로워하는 소리가 났다.

우당탕탕탕—

거친 발소리가 주방 쪽으로 점점 가까워졌다.

"뭐, 뭐야!"

조완희는 주방에 가득 찬 생선 연기를 바라보며 절규하
듯 소리를 질렀다. 그리고는 코를 막으며 재빨리 뛰어가 창
문을 열고, 환풍기를 틀었다.

"창문은 폼이더냐! 환풍기는……."

"생선은 냄새와 함께 먹는 거야."

박현은 고등어를 먹으며 말했다.

"동감해야."

서기원은 통째로 입에 물며 말했다.

"둘 다 죽고 싶냐!"

조완희는 애써 화를 억눌렀다.

"너 이번 달에 이자랑 원금 안 넣었더라."

박현은 조용히 고등어 살을 바르며 말했다.

"진짜야?"

서기원은 화들짝 소리를 크게 냈다.

"흠……. 이래서 친구 사이에 돈거래는 하면 안 된다 했어야."

서기원은 심각한 얼굴로 팔짱을 끼며 결코 작지 않은 목소리로 중얼거렸다.

"이이, 야!"

몸을 부들부들 떨던 조완희가 소리를 버럭 질렀다.

"이게 다 누구 뒤처리한다고 그러는 거 아니야! 앙? 뭐~ 그런 날보고 이자? 원금?"

조완희는 박현 앞으로 달려가 멱살을 잡으려 했다.

척!

그 순간 조완희의 눈앞에 한 장의 서류가 딱 펼쳐졌다.

"내가 대신 받아 놨어야."

서류 상단에는 다섯 글자가 적혀 있었다.

압 류 통 지 서

부르르르르르르르—

조완희는 서류를 읽어내려 가며 온몸을 떨었다.

그 이유는 단 하나.

법원 서류에 적힌 집행자의 이름, 단 두 글자.

박현.

그 이름 때문이었다.

"으아아아아아아아아!"

조완희의 몸에서 무시무시한 살기가 퍼져나갔다.

스르릉—

그리고 그의 손에 언월도 한 자루가 쥐여졌다.

박현과 서기원의 눈이 마주쳤다.

둘은 동시에 누가 먼저라고 할 것도 없이, 박현은 밥과 김치를, 서기원은 밥과 고등어를 냉큼 집어 들었다.

"튀자."

"거 봐야, 내가 이번에는 무리라고 했었어야."

"그래도 집에 생선 냄새는 사양이다."

쐐애애애앵—

둘은 빛보다 빠르게 조완희의 주방을 튀어 나갔다.

*용어

  1) 스크롤: 마법이 새겨진 양피지로 마법사가 아니
어도 마법을 시전할 수 있는 마법 무구.

9장

영남그룹 전 회장이자 창업자인 최치영의 부고는 한순간 정·재계와 검계에 퍼졌다.

"삼일 가족장이라고 했던가?"

"예, 계주."

"누가 왔던가?"

"이번에 도방에 오른 이철강이 직접 찾아왔습니다. 그리고 한 마디 덧붙였습니다."

"뭐라고?"

"주인도 바뀌었으니 과거의 일은 과거로 잊어주셨으면 한다고 했습니다."

"수고했네. 나가 보게."

"예, 계주."

본계 소속 검객이 예를 취하며 그의 집무실을 나갔다.

"쯧."

검객이 나가자마자 날파람 꼭두쇠가 혀를 찼다.

"아쉽소?"

검계주 윤석이 그런 그의 찻잔에 차를 따랐다.

"헛발질에 진이 다 빠져서 그런 거 아닙니까."

"꼭 그것만은 아닌 듯 보입니다."

사도현 회장이 심규호 꼭두쇠를 보며 담담한 미소를 지었다.

"놀리시는 거라면 사양합니다."

심규호 꼭두쇠는 사도현 회장에게 퉁명스럽게 대했지만 더 이상 불만을 드러내지 않았다.

아무리 심규호 자신이 역발문의 문두라고는 하지만 사도현, 즉 백견은 아무래도 이 땅의 손발 무예의 종주이기 때문이었다.

"결국, 쓸데없는 짓을 하고 말았군요."

윤석 계주가 쓴웃음을 지으며 찻잔을 들었다.

"멍청하게 자식 놈에게 당하고."

심규호 꼭두쇠가 손가락으로 부고장에 가족 삼일장이라

적힌 부분을 툭툭 쳤다.

최치영이 죽었다.

둘째도 죽었다.

막내도 죽었다.

그럼에도 복수를 외치지 않는다.

조용히 가족장으로 그것도 삼일장이라니.

뻔히 그림이 보인다.

"만나 보고 싶군요. 박현이라는 반신을……."

사도현 회장이 입을 열었다.

"그자는 왜?"

"참으로 재미있지 않습니까?"

사도현 회장도 찻잔을 들었다.

"일개 반신이 비록 무력이 가장 떨어진다 하여도 역발문의 한 축인 보상 최가를 흔드는 것도 모자라 장자를 끌어들여 판을 뒤집어버렸으니 말입니다."

"그거야 멍청한 늙은이가 나이 처먹고 아둔해져서 그런거 아닙니까. 아니 환갑 넘어 손녀뻘인 계집을 첩으로 들이지 않나, 들였으면 조용히 여생이나 즐길 것이지……, 환갑이 다 되어가는 장자에게 가문을 넘기지도 않고, 근본도 모를 핏줄에게 넘기려고 쳐낼 생각이나 하니……. 자업자득 아닙니까?"

사도현 회장의 말에 심규호 꼭두쇠가 이죽거렸다.

"그렇다 한들 더욱이 신비선녀께서 엉덩이 무거운 만석 큰스님까지 모실 정도로 각별한 친분도 있으니……, 한번 보고 싶긴 하군요."

사도현은 차를 한 모금 마셨다.

*　　*　　*

끼익—

아파트 지상 주차장에 차를 세우고 내리는 오성식 과장의 얼굴은 피곤함으로 뒤덮여 있었다.

삐빅—

리모컨으로 차를 잠그고 집으로 향하는 오성식 과장의 곁으로 검은 그림자가 나타나 그를 덮쳤다.

"음? 흡!"

누군가가 자신의 옆구리를 채더니 순식간에 눈앞 시야가 하늘로 솟구쳤다.

"핫!"

오성식 과장은 자신을 납치하는 자의 뒤통수를 향해 다리를 차올렸다.

펑!

하지만 검은 그림자는 오성식 과장의 다리를 피해 아파트 옥상으로 뚝 떨어져 내렸다. 이어 오성식 과장도 몸을 비틀어 회전하며 옥상 바닥으로 내려섰다.

"누구지?"

오성식 과장은 피곤에 찌든 샐러리맨의 가면을 벗어던지며 칼날처럼 날을 세웠다.

"너는?"

그의 앞에서 모자를 슬쩍 들어 올린 이는 다름 아닌 박현이었다.

"흠."

오성식 과장은 깊은 침음을 삼켰다.

"무슨 일로 나를?"

오성식 과장은 서서히 투기를 발산하며 차갑게 물었다.

"딸이 참 예뻐. 눈에 넣어도 아프지 않을 만큼."

박현은 입꼬리를 말아 올렸다.

"……!"

"뭘 그렇게 긴장을 하고 그래?"

박현은 오성식 과장 앞으로 다가섰다.

"뭘 원하는 거지?"

"그냥 그렇다고."

박현은 오성식 과장 옆으로 다가서서 어깨동무를 했다.

"오 과장."

"말해."

"고마운 줄 알아. 그냥 콱 죽이려다가 네 딸 때문에 일단 살려 두는 거니까."

박현은 오성식 과장의 어깨를 툭툭 쳤다.

"원하는 게 뭐냐고 물었어."

"지금은 없지."

"……."

"앞으로는 모르겠지만."

"지금 그대가 무슨 말을 하는지 알고 있는 건가?"

"당연히 알지. 왜 모를까?"

"국정원의 힘이 당신에게 쏠릴 수 있어."

"그럴 수 있을까?"

박현은 어깨동무를 풀고 오성식 과장 앞에 바싹 다가섰다.

"녹음하고 있다는 것도 알아. 국정원에 제출하고 싶으면 해도 되고."

박현은 하얀 이를 드러내며 웃음을 드러냈다.

"나 알지? 어떤 놈인지."

박현은 품으로 손을 가져갔다.

"괜찮아. 안 죽이니까."

박현은 흠칫하는 오성식 과장의 행동에 어깨를 으쓱하며 편지봉투보다는 크고 서류 봉투보다는 작은 어중간한 크기의 봉투를 꺼내 오성식 과장의 품에 안겼다.

"뭐지?"

"선물. 알아보니 잘난 마누라 때문에 고생이 이만저만이 아니더군. 그대는 어찌어찌한다 해도 귀여운 딸내미 대학 보내고 시집은 보내야지. 안 그래?"

오성식 과장은 봉투 안을 확인하지 않은 채 꽉 쥐었다.

"무기명 채권이니까 어디 조용한 데 넣어놔. 제법 넉넉할 거야."

이어 박현이 전화기를 꺼내 전화를 걸었다.

♪~♩♪~♩~♫

봉투 안에서 희미한 빛이 반짝이며 벨소리가 울렸다.

"전화하지."

박현은 오성식 과장의 뺨을 툭툭 친 후 축지를 이용해 사라졌다.

"씨발."

오성식 과장은 욕을 내뱉으며 옥상 난간에 기대며 풀썩 주저앉았다.

답답함에 담배를 입에 물었다.

박현이 했던 말들이 머릿속을 주르르 다시 지나갔다.

마누라의 헤픈 씀씀이.

그리고 빚.

"씨발. 그래, 나를 얼마에 사려고?"

오성식 과장은 오기가 바싹 오른 눈으로 봉투를 열었다.

장당 일억.

그리고 무기명 채권은 총 열 장이었다.

"크크크크크크."

오성식 과장의 눈이 동그랗게 변하더니 그가 비틀린 웃음을 터트렸다.

"끄으으으으."

그 웃음은 이내 울음처럼 변했다.

안도감, 자괴감이 마구 뒤섞였기 때문이었다.

"그래, 너만 처먹냐? 나도 처먹자."

오성식 과장은 직속상관인 전원책 부장을 떠올렸다.

이어 그는 봉투에 담긴 전화기를 들었다.

"나다."

《생각보다 전화가 빠르군.》

박현은 전화를 바로 받았다.

"어느 정도까지 원해?"

《그대가 할 수 있는 정도로만 해.》

"그건 다행이군."

《나는 그대를 승진시켜 주거나 이런 건 못해. 대신 돈으로 때울 생각이야.》

"넉넉히만 줘."

본론을 마친 오성식 과장은 인사말도 없이 전화를 끊었다.

"니미, 졸라 아름다운 밤이네."

그는 뿌연 밤하늘을 올려다보았다.

칙—

그것도 잠시, 낯선 소리에 그가 흠칫거렸다.

"뭘 그렇게 놀라."

어느새 다시 모습을 드러낸 박현은 뚜껑을 딴 맥주캔을 오성식 과장에게 내밀었다.

"……간 거 아니었나?"

"왜 이래, 아마추어처럼."

박현도 맥주캔을 하나 따며 옆에 앉았다.

"뭘 믿고 그냥 자리를 뜨나?"

"지금은?"

"졸라 아름다운 밤. 그 말이 마음에 들었어."

박현이 맥주캔을 내밀었다.

오성식 과장은 맥주캔을 들다 다시 내렸다.

"조건이 하나 더 있어."

"조건을 다는 건 참으로 좋은 상황인데……, 뭔가 덧붙여지는 건 또 싫단 말이지."

박현도 맥주캔을 내렸다.

"더는 없어. 이거 단 하나가 끝이야."

"들어는 보지."

"내 위에 전원책 부장이라는 개새끼가 있어."

"그래서?"

"그 새끼 엿 먹이고 싶어."

오성식 과장의 말에 박현의 눈동자가 반짝였다.

"그놈이 주구였구만. 보상 최가의."

"보상 최가만일까?"

"천천히 해도 되지?"

"빠르면 좋지만……."

"자료부터 넘겨. 그리고 기한은 못 정해."

"됐어. 그 정도면."

오성식 과장이 맥주캔을 내밀었다.

툥―

두 맥주캔이 둘 사이처럼 퉁명스럽게 부딪혔다.

*　　　*　　　*

"음냐냐냐."

심부름센터 사장은 소파에 누워 낮잠을 자고 있었다.

툭툭—

누군가 그의 뺨을 때렸다.

"누구야?"

몇 번 허공에 손을 휘젓던 심부름센터 사장은 뺨에서 계속해서 느껴지는 고통에 인상을 찌푸리며 눈을 떴다.

"어떤 새끼……, 헙!"

머리 위에서 싱긋 웃음을 보인 박현을 보자 심부름센터 사장은 화들짝 자리에서 일어났다.

"팔자 좋아."

박현은 맞은편 소파에 앉았다.

"알아봤어?"

"마침 엊그제 알아냈습니다만…… 손님께서 찾으시는 분이 맞는지는 모르겠습니다."

심부름센터 사장은 재빨리 일어나 캐비닛에서 노랑 서류 봉투를 하나 꺼내 그의 앞에 내밀었다.

박현은 봉투에 담긴 사진 꾸러미를 꺼내 들었다.

사진을 보는 박현의 눈매가 가늘어졌다.

얼굴이 애매했다.

박현은 빠르게 다른 사진들을 살폈다.

잠시 후 박현의 입가에 희미한 미소가 걸렸다.

"맞군."

박현의 말에 심부름센터 사장의 입가에 환한 미소가 지어졌다.

"이름은 김말자. 강남에서 복부인으로 알려져 있습니다. 그런데 그 이상은 알려진 게 없습니다."

"복부인이라……."

"알아낸 건 확실하지 않은 거주지와 얼굴, 이름뿐입니다. 사실 그 이름도 본명인지 확실하지 않습니다."

갈수록 심부름센터 사장의 목소리가 작아졌다.

심부름센터의 능력이 떨어진다기보다 아마 이들의 힘으로는 알아내지 못했을 것이 분명했다.

아쉽지만 소재를 파악한 걸로 족했다.

"이 정도면 되었어."

박현은 품에서 약속한 돈을 탁자에 던지며 그가 건넨 봉투를 품에 넣었다.

*　　　*　　　*

입구 경비실부터 아파트 복도로 통하는 입구까지, 외부인이 철저하게 차단되는 3층 고급 빌라.

"어느 댁에 방문을……."

일반 아파트나 빌라와 달리 입구 경비실에서 건장한 경비원이 나왔다. 한눈에도 나 힘 좀 쓴다는 것을 보여주려는 듯 우람한 팔뚝을 내밀며 눈을 가늘게 치켜떴다.

딱!

그러자 서기원이 손가락을 탁 튕겼다.

"잊어야."

그리고는 양손에 귀화를 일으켜 경비원의 눈을 쓰다듬었다.

"입구에 비밀번호가 있어야."

"그건 # 누르시고 258누르시고 다시 *에……."

경비원은 경비원 전용 비밀번호를 알려주었다.

"그럼 들어가 쉬어야."

서기원의 말에 경비원은 조용히 경비실로 들어갔다.

"볼 때마다 신기하단 말이지."

박현의 말에 서기원이 볼록한 배를 쭉 내밀며 어깨춤을 췄다.

"나 도깨비야."

딱!

조완희가 그런 서기원의 뒤통수를 딱 후려쳤다.

"누가 본다. 후딱 들어가자."

서기원은 뭐라뭐라 구시렁거리며 박현과 조완희의 뒤를 따랐다.

경비원이 알려준 비밀번호를 누르고 빌라 현관문을 거쳐 김말자의 집으로 올라갔다.

"흠."

그녀의 집 앞에 서자 조완희가 미간을 찌푸리며 침음을 흘렸다.

"오메~."

서기원도 조완희와 마찬가지로 눈을 동그랗게 뜨며 뭔가에 놀라는 모습이었다.

박현이 현관문 앞으로 다가가려는 것을 서기원이 막았다.

"뭔데?"

"부적과 결계이여야."

"부적과 결계?"

박현의 말에 조완희가 고개를 끄덕였다.

"하지만 처음 보는 파장이야. 이렇게 강한 부적도 오랜만이지만, 처음 보는 거야. 우리나라에 이 정도의 부적을 쓰는 이가 있다는 사실이 놀라워."

조완희는 마치 마임을 하듯 허공에 손을 뻗어 어루만지며 무형의 기운을 느꼈다.

"나…… 알 것 같아야."

서기원이었다.

그 말에 박현과 조완희의 시선이 서기원에게로 쏠렸다.

"그렇게 보지 말아야. 나도 정확한 건 아니여야."

서기원은 둘의 시선을 부담스러워했다.

"그래서 짐작하는 바는?"

박현이 물었다.

"완희야, 너는 들어봤을 거여야. 버림받은 또 다른 천가."

서기원의 말에 조완희의 표정이 급격히 굳어졌다.

"멸문지화된 게 아니었단 말인가?"

조완희는 고개를 돌려 김말자의 집을 쳐다보았다.

"그렇군, 그래서…… 이런 느낌이었군."

조완희는 뭔가 알았다는 듯 고개를 끄덕였다.

"쉿!"

그 순간 서기원이 손가락으로 입을 가렸다.

"누가 와야.

"일단 자리를 뜨자."

박현의 말에 서기원과 조완희는 옥상을 통해 고급 빌라를 빠져나갔다.

                      *   *   *

"어렵군. 결국 창문이든 어디든 쉽게 잠입할 수 없다는 말이잖아."

"흔적이 남아야."

박현의 말에 서기원이 고개를 끄덕였다.

"이거는 완희가 풀어야 해야."

서기원의 말에 박현의 시선이 조완희에게로 향했다.

"신어머니를 찾아뵙고 논의를 해 볼게."

박현은 고개를 끄덕이며 전화기를 들었다.

"나야. 사람 한 명만 알아봐 줘. 그래, 이름은 김말자, 주소는……."

박현은 오성식 과장에게 김말자에 대해 부탁을 하고 전화를 끊었다.

"누구여야?"

"있어. 국정원에……."

"흐음?"

조완희가 게슴츠레한 눈으로 박현을 쳐다보았다.

"배고프다."

박현이 분위기를 환기시켰다.

"나두야."

"슬슬 저녁 먹을 때가 되기는 했네."

서기원과 조완희도 시장기가 도는 모양이었다.

"뭐 먹을까?"

"삼겹살 어때야?"

"삼겹살이라……."

박현은 조완희를 쳐다보았다.

"삼겹살, 그래."

조완희도 나쁘지 않은 듯 고개를 끄덕였다.

"그럼 먹자!"

박현의 말에 서기원이 자리에서 벌떡 일어났다. 그리고
는 마당으로 나가며 도깨비 주머니에서 화로와 숯을 꺼냈
다.

"웃차!"

익숙하게 숯에 불을 붙이고, 캠핑용 간이 테이블을 펼쳤
다.

"룰루, 랄라~."

서기원은 도깨비 주머니에서 밑반찬 등을 꺼내 순식간에
테이블 세팅을 마쳤다.

"뭐하나?"

조완희.

"삽겹살 먹자 하지 않았어야?"

"했지."

"그래서 삼겹살 구워야."

"그걸 왜 우리 신당 마당에서 굽냐고!"

조완희가 소리를 버럭 질렀다.

"기원아."

어느새 마당으로 내려온 박현은 캠핑 의자에 앉으며 서기원을 불렀다.

"응?"

"소고기로 구워줘라."

"하튼 비싼 것만 좋아해야."

서기원은 투덜거리며 도깨비 주머니에서 꽃등심을 꺼냈다.

"꽃등심이여야. 됐어야?"

"지금 그걸 말하는 게 아니잖아!"

조완희는 소리를 버럭 질렀다.

"와인도 꺼내줘라. 좋은 놈으로."

"좋은 건 알아가지고."

서기원은 조완희를 향해 눈을 흘겼다.

*   *   *

"어머니, 접니다."

국정원 8팀 역발과 신참, 이기혁은 조용히 전화를 들었다.

"과장님이 어머니 뒤를 캐고 있습니다."

"누군가의 부탁을 받은 듯한데, 누군지는 알아내지 못했습니다."

"예, 예."

"일단 알아내는 대로 다시 연락드릴게요."

"몸조심하세요. 예, 저도 사랑합니다. 예, 끊어요."

이기혁은 조용히 전화를 끊었다.

"무슨 전화인데 이렇게 표정이 안 좋으세요?"

김말자의 수양딸이자 비서인 최예림이 통화에 대해 물었다.

"기혁이 전화야."

"……"

"누군가 내 뒤를 캐고 있다는구나."

"누군지는 모르고요?"

최예림의 물음에 김말자는 고개를 저었다.

"거처를 옮길게요."

최예림의 표정은 굳어졌다.

　　　　　*　　　*　　　*

　신비선녀와 조완희는 자그만 다탁을 사이에 두고 앉아
있었다.

　"차 드세요."

　한설린이 차를 내왔다.

　"어?"

　조완희는 한설린을 볼 줄 몰랐기에 조금은 의아함을 드
러냈다.

　"안녕하세요."

　조완희는 어정쩡하게 인사를 건넸다.

　"네."

　한설린은 희미한 미소로 인사를 받았다.

　"몸이 안 좋아 여기서 휴양하고 있다."

　"그렇군요."

　조완희의 대답은 담담했다.

　"그래. 언질도 없이 어인 일이냐?"

　"어머니."

　조완희는 자리를 고쳐앉으며 그녀를 불렀다. 그 행동에
신비선녀의 눈빛이 착 가라앉았다.

"어머니 못지않은 힘을 가진 부적 결계를 보았습니다."

"부적으로만 따진다면야 나보다 뛰어난 만신들이 몇몇 계신다. 너도 모르지는 않을 터."

"압니다. 제가 말하려는 건 부적의 힘이 제가 알던 것과 달랐습니다."

"네가 알던 것과 다르다?"

"뭐라고 해야 하나? 기의 맥질이 투박하지만 야생마처럼 사나웠습니다."

"투박하고 사납다."

신비선녀는 팔짱을 끼며 조완희의 말을 이어받아 읊조렸다.

"그리고?"

"그럼에도 정갈했습니다."

"내 보지 않아서 뭐라 장담할 수 없다만은…… 확실히 이북 쪽이 그러하지."

"……."

"지금이야 이북의 무맥이 상당히 유실되었지만 그래도 적잖은 무당이 그 맥을 이어가고 있단다. 그건 갑자기……."

의아하게 대답하던 신비선녀가 어느 순간 입을 꾹 닫았다.

이북 계열 무당 중 굵직한 이들이 몇 있지만, 자신과 비견될 정도는 아니었다.

"이북 출신 만신께서 생전에 만들어 놓은 건 아니고?"

"아닙니다."

"그런데 갑자기 그건 왜 묻는 것이더냐?"

"서기원 두령이 그 결계를 보자 어릴 적 한 번 본 적이 있는 결계랍니다."

"……?"

"버림받은 천가의 것과 비슷하답니다."

"……!"

신비선녀는 경악했다.

"바, 방금 버림받은 천가라 했느냐?"

"예."

"확실하느냐?"

"그게 또 워낙 오래전 일이라 장담을 할 수는 없다 하기는 했습니다."

"버림받은 천가라……."

신비선녀는 생각이 많은 듯 연신 손을 오므렸다 폈다 했다.

"이모님, 버림받은 천가라니요?"

조용히 곁은 지키던 한설린이 물었다.

"잊어라. 결코, 입 밖으로 꺼내서는 안 될 이름이야."

"네?"

"네 목숨만이 아니다. 가문 자체가 멸문지화될 수도 있어."

신비선녀는 으름장을 놓듯 경고했다.

"완희야, 너도!"

"알고 있습니다."

"너만을 말하는 게 아니다."

"서 두령이야 저보다 잘 알 터이고, 현이에게도 확실하게 말해 놓았습니다."

"그건 잘했다."

신비선녀는 안도의 한숨을 내쉬었다.

"그건 그렇고 어쩌다가 마주하게 된 것이더냐?"

"현이가 뒤쫓는 이의 집에서 보게 되었습니다."

"박현 님?"

"예."

신비선녀의 표정이 다시금 굳어졌다.

"마냥 피할 수만 없는 노릇이로구나."

"그렇습니다."

"뒤쫓는 이가 누군지는 알고?"

조완희는 고개를 저었다.

"현이도 누구인지 모르는 눈치입니다."

"누군지도 모르는데 쫓는다?"

"예."

"흠."

신비선녀는 묵직한 신음을 삼켰다.

"앞장서거라."

신비선녀는 자리에서 일어났다.

"네?"

"일단 내 눈으로 확인을 해 봐야겠구나."

그 말에 조완희는 자리에서 일어났다.

10장

"여기로구나."

신비선녀는 빌라 현관문을 바라보며 미간을 찡그렸다.

"흠."

조완희 역시 동시에 깊은 침음을 삼켰다.

"눈치를 챈 모양이야. 쯧."

신비선녀는 간간이 남은 결계의 흔적을 뚫어보며 혀를 찼다.

"어떤 흔적도 남기지 않았는데……."

"안에 인기척이 없으니 들어가 보자."

신비선녀는 현관문을 열고 안으로 들어갔다.

황급히 집을 비운 탓인지 집 안은 휑하고 잡동사니로 어질러져 있었다.

"어머니, 알아보실 수 있겠습니까?"

조완희는 발걸음도 죽인 채 속삭이듯 물었다.

"만신은 만신인 모양이다."

"네?"

"이리도 급히 결계를 거뒀는데도 주요 혈은 모조리 없앴어. 남은 건 껍데기뿐이야."

"그럼 알 수 있는 게 없다는 말씀인지요?"

"그래도 하나는 알겠구나."

신비선녀는 부적의 흐름을 눈으로 좇으며 말했다.

"흐름과 필적이 이남의 것은 아니로구나. 이북의 것이 확실해. 언뜻 이남의 흔적이 보이나 전라와 경상의 것들이 뒤죽박죽, 그저 곁다리일 뿐이야."

"흠."

"이북에서 누군가가 내려온 것인지도 모르지."

신비선녀는 치맛자락을 휘감았다.

"가자. 더는 알아낼 게 없으니."

"그러면……."

"어쩌면 그분은 아시겠군."

"네?"

"삼천사로 가자."

"삼천사라 하시면……."

"만석 큰스님을 봬야겠다."

신비선녀는 성큼 큰 걸음으로 빌라를 나갔다.

*   *   *

북한산 기슭.

울창한 산세 속에 삼천사가 고요함을 간직하고 있었다.

사찰 뒤편 산길에 있는 산신각(山神閣)[1]을 지나면 인적이 닿지 않는 외진 곳에 조용한 암자 하나가 자리하고 있었다.

"네가 급하기는 급했구나. 여기로 온 것을 보면."

만석 큰스님 앞에 김말자가 조용히 무릎을 꿇고 앉아 있었다.

"죄송합니다, 큰스님."

"휴우."

만석 큰스님은 김말자를 보며 깊은 한숨을 내쉬었다.

"그래서 앞으로 어찌할 생각이더냐?"

"새로운 거처는 마련해 두었고, 혹시나 모를 신기를 씻어주십사 하고 황망하게 찾아왔습니다."

"내가 묻고자 하는 바가 그것이 아님을 알 터!"

만석 큰스님의 입에서 호통이 터져 나왔다.

"네년들의 한풀이를 어디까지 가져갈 셈이야!"

만석 큰스님의 이어진 호통에 자그만 암자가 부르르 떨었다.

"이 땅의 기둥을 다시 세울 생각임을 큰스님도 아시지 않습니까!"

김말자도 지지 않고 절절하게 소리쳤다.

"어차피 기둥은 세워졌다."

"봉황은 이 땅의 기둥이 아님을 누구보다 잘 아시지 않습니까."

"지나간 세월만 반천년이야."

"반천년이든 반만년이든……."

"기어이 한풀이를 할 셈이더냐?"

"……."

"네년들의 한풀이에 너희가 오롯이 바라보는 신의 생(生)이 인연과 악연으로 뒤엉켜 있음을 모르는 것인가!"

"그분이라면, 반드시 모든 악연을 끊어내시고 올바른 생을 지켜내실 것이옵니다."

"쯧쯧쯧, 흰 것이 가장 더러워지기 쉬운 법임을 왜 모르누. 허어—, 허어—."

만석 큰스님은 한탄하고 또 한탄했다.

"그래서……."

김말자는 말을 하다 말고 입을 닫으며 황급히 문밖을 쳐다보았다.

잠시 후.

"큰스님, 신비선녀 시주께서 찾아오셨습니다."

한 행자의 목소리가 방문 밖에서 들려왔다.

신비선녀라는 말에 김말자의 눈이 부릅떠졌다.

'아버지!'

김말자는 소리를 죽이고 만석 큰스님을 아버지라 불렀다.

만석 큰스님은 애절한 눈으로 그녀를 바라보다 한숨을 푹 내쉬었다.

'숨어라.'

그의 말에 김말자는 서둘러 방구석 다락으로 몸을 숨겼다.

"들라 하시게."

다락문이 닫히자 만석 큰스님은 슬픔을 애써 감추며 입을 열었다.

끼익—

창호 문이 열리고 신비선녀와 조완희가 안으로 들어왔다.

"큰스님."

"스승님."

신비선녀와 조완희는 만석 큰스님에게 큰절을 올렸다.

"오랜만일세. 너도 오랜만이로구나."

"그간 강녕하셨습니까, 스승님."

조완희는 존경을 인사에 담았다.

"이제 철은 좀 들었고?"

"하하, 하하하."

만석 큰스님의 말에 조완희는 어색한 웃음을 삼켰다.

"손님이 계셨던 모양입니다, 큰스님."

신비 선녀는 개다리소반에 놓인 두 잔의 찻잔을 보며 물었다.

"허허, 내 적적해 부처님을 청해 차를 나눴다네."

"그러시군요."

신비선녀는 만석 큰스님을 빤히 쳐다보았다.

"안색이 좋지 않으십니다."

"그럴 일이 있었네."

"부처님까지 청하신 것을 보면 ……혹여 끊지 못하는 핏줄 때문이신지."

신비선녀는 부처님께 드렸다던 찻잔을 잠시 내려다보며 물었다.

"다 못난 내 업보이지 누구를 탓하겠나."

부정하지는 않았다.

'음? 핏줄? 큰스님이?'

전후 사정을 모르는 조완희만 눈을 동그랗게 뜨며 귀를 쫑긋 세웠다.

"그건 그렇고, 어찌 찾아온 것이오?"

만석 큰스님은 애써 표정을 변화시켰다.

"여쭤 볼 일이 있어 이렇게 찾아뵈었습니다."

신비선녀도 더 이상 그에 관해 입에 담지 않고 본론으로 바로 넘어갔다.

"우연히 무당의 결계를 보았사옵니다."

"……."

"이남의 것이 아니었습니다."

"이북의 맥이야 여러 만신들께서 이어가시지 않는가."

"만신이라 부르기에는 다들 연치가 부족하지요."

"그래서?"

"저와 어깨를 나란히 하는 결계였습니다."

만석 큰스님의 눈썹이 미세하게 꿈틀거렸다.

신비선녀는 그 눈썹의 움직임을 놓치지 않았다.

"짐작하는 바가 있으신지요?"

"여전히 이북에 무당의 맥이 살아 있다 들었습니다. 어느 한 분이 이 땅으로 내려오신 건지요?"

"……."

만석 큰스님은 조용히 식은 찻잔을 기울였다.

"무슨 연유로 내려온 건지 아시는지요?"

"……."

만석 큰스님은 입을 열지 않았다.

"큰스님."

답답함에 신비선녀가 재차 그를 불렀다.

"신비선녀."

만석 큰스님이 찻잔을 내리며 오랜 침묵을 깼다.

"예, 큰스님."

"인연은 업보의 또 다른 이름이라고 했지요."

우문(愚問).

"그렇사옵니다."

"인연은 원하든 원하지 않든 만나게 되네."

"……."

"내 부탁을 하나 해도 되겠소이까?"

"……예."

"못난 이 소승을 생각해 한 번, 단 한 번 마음을 넓게 써 주세요."

신비선녀의 눈이 자연스레 주인 없는 찻잔으로 내려갔다.

"큰스님."

"부탁드립니다."

만석 큰스님은 허리를 깊게 숙였다.

"……그리하지요."

신비선녀는 너무나도 간곡한 그의 모습에 그의 청을 받아들였다.

"노승은 이만 몸이 불편해서……."

만석 큰스님은 몸을 비스듬히 틀며 축객령을 내렸다.

"강녕하세요."

신비선녀는 더 이상 묻지 않고 자리에서 일어나 큰절을 올렸다.

"다시 찾아뵙겠습니다, 스승님."

조완희는 얼떨결에 같이 일어나 절을 올리고 그녀를 따라 암자를 나왔다.

"후우—."

암자를 벗어나 숲속 오솔길에 들어서자 신비선녀는 한숨을 내쉬었다.

"어머니."

"오냐."

"스승님께 자식, 아니 자제……, 아니…… 그 뭐시야."

조완희는 마땅한 단어를 찾지 못해 말이 빌빌 꼬였다.

"만적 큰스님이 출가하시고 잠시 방황을 한 적이 있으셨다."

그 말을 끝으로 신비선녀는 입을 꾹 닫았다.

"그리고 그 부적의 주인이 누구인지 알겠구나."

신비선녀는 한숨을 내쉬었다.

"네?"

조완희는 저도 모르게 놀란 목소리로 물었다.

"살아 있었구나. 살아 있었어."

동시에 그녀의 눈에서 눈물이 주르르 흘러내렸다.

눈물은 슬픔인 동시에 안도감이었다.

"도대체 누구인지……."

"나의 의자매이자, 나의 첫 신딸이다."

신비선녀는 앳된 소녀를 떠올렸다.

"네가 어찌 이북의 맥을 이었는지. 왜 말 한마디 없이 나를 떠났는지…… 궁금……."

순간 신비선녀의 눈이 부릅떠졌다.

"서, 설마…… 그 아이가 북(北)천가의 맥을. 그래서 나를 떠난 거니?"

이어 몸이 바르르 떨렸다.

"아아―, 아아―. 박현 님을 통해 세상에 나오려는 건가? 안 돼. 막아야 해."

신비선녀는 만석 큰스님이 머무는 암자로 고개를 돌렸다.

사사삭~

두 장의 부적이 날아와 그녀의 발아래 놓였다.

파밧!

그녀의 신형이 그 자리에서 사라져 암자로 날아갔다.

* * *

텅—

부드러운 유형의 막이 신비선녀를 밀어냈다.

암자는 보이나 그 외의 것은 보이지도 들리지도 느껴지지도 않았다.

"분명 연지가 여기에 있어."

신비선녀는 입술을 슬쩍 깨물었다.

불력(佛力)이 느껴지는 결계, 즉 만석 큰스님이 쳤다는 의미다.

이 결계를 뚫고 들어갈지 아니면 잠시 물러나 훗날 다시 찾아올지 고민이 깊어졌다.

하지만 그 고민도 잠시.

신비선녀 주위로 부적들이 날아올랐다.

이대로 그녀를 놓칠 수 없었다.

"어, 어머니."

조완희가 걱정스러운 목소리로 그녀를 불렀다.

"뒤로 물러나거라."

신비선녀의 목소리는 단호했다.

쿵! 퍽! 쿵! 퍽! 쿵! 칵!

토의 기운을 가진 부적이 결계에 부딪히고, 이어 쇠의 기운을 가진 부적이 날카로움을 드러냈다. 그 뒤로 토와 금의 기운이 번갈아 날카로움을 더욱 배가시켰다.

충격음이 암자를 뒤흔들고 결계는 무너질 듯 흔들렸지만, 태풍 속에 몸을 맡긴 갈대처럼 조금도 무너지지 않았다.

신비선녀는 뒤로 물러나 소맷자락 아공간에서 두 자루의 작두 칼을 꺼내 들었다.

"훗차!"

신비선녀는 칼춤을 추며 신력을 끌어올렸다.

그녀의 작두칼 주위로 수많은 부적이 흩어졌다 모이기를 반복했다.

"그만하시게."

그녀의 칼날에 신력이 담길 무렵, 조용한 목소리가 그녀의 귀로 파고들었다.

만석 큰스님이었다.

"큰스님!"

그를 부르는 신비선녀의 목소리는 신력이 담겨 웅장한 파장을 만들어냈다.

"연지, 그 아이……."

"신비선녀."

만석 큰스님은 그녀를 조용히 불렀다.

"그 아이 어디 있습니까? 여기 있는 건지요?"

"없네."

"큰스님!"

신비선녀가 만석 큰스님을 향해 목소리를 높였다.

"그만 돌아가 주시게."

"안 됩니다. 지금 그 아이……."

"신비선녀."

"……예."

"수일 내로 인편을 보내겠네. 아니, 5일 후에 다시 찾아
오게."

"……."

"내 그때 모든 걸 알려주겠네."

"……."

신비선녀는 만석 큰스님의 슬픈 눈을 보자 열었던 입을
닫았다.

"그리합지요."

신비선녀는 허리를 숙여 인사한 후 몸을 돌렸다.

"혼자 오시게."

"예."

"나무관세음보살."

이상하리만큼 만석 큰스님의 불호는 묵직하게 그녀의 가슴으로 파고들었다.

*   *   *

"후우—."

신비선녀를 신당에 모셔다주고 별왕당으로 향하는 길목에서 조완희는 한숨을 푹 내쉬었다.

돌아오는 길에도 헤어지는 길에서도 신비선녀도 입을 꾹 닫았다.

자신이 알지 못하는 과거와 비밀, 그리고 그들의 인연들.

만석 큰스님에게 딸이 하나 있다는 사실도, 자신이 신비선녀의 첫 신제자가 아니었다는 사실도…….

'뭐가 세상이 이렇게 복잡하다냐.'

조완희는 복잡한 생각을 애써 털어내며 별왕당 안으로 들어갔다.

"킁킁."

그를 가장 먼저 맞이한 건 신당 특유의 향 내음이 아니었다. 구수한 청국장 냄새가 그의 코를 간질였다.

"아~ 배고파."

그 냄새에 입안에 침이 고였다.

입맛을 다시던 조완희의 눈이 순간 껌뻑였다.

그리고는 이내 눈썹이 역팔자로 휘어졌다.

"이것들이 또!"

조완희는 눈에 쌍심지를 켜고 날렵하게 신당 안으로 들어갔다.

"자, 한 잔 해야."

"하하하, 감사합니다."

탁!

양푼 사발이 부딪히는 소리가 들렸다.

"으메~, 좋아야."

"맛납니다."

우당탕탕탕!

다급한 발자국 소리와 함께 주방에 조완희가 튀어들어와 곡도를 휘둘렀다.

쑤아아아악!

"헛!"

그 순간 막걸리 잔을 들고 있던 낯선 사내가 헛바람을 들이마시며 그 자리에서 솟구치기로 뛰어올랐다. 왼발로 째차기라는 수로 곡도를 든 조완희의 팔목을 밀어내는 동시에 오른발로 조완희의 턱을 차올렸다.

"헉!"

"헛!"

조완희의 턱을 가격하는 순간 눈을 마주친 둘은 동시에 헛바람을 들이마셨다.

퍼억!

"혀, 형님."

조완희는 사내의 발길질에 뒤로 날아가 바닥에 처박혔다.

이승환.

나이는 23살.

조완희 앞에서 작달막한 키에 다부진 체격을 가진 이 청년이 어색한 웃음을 짓고 있었다. 청년, 이승환은 택견계승회 사범으로 차기 택견계승회 회장으로 거론되는 택견 내 젊은 고수 중의 고수였다.

"오, 오랜만입니다."

이승환은 어색한 웃음을 지으며 고개를 숙였고, 조완희는 얼음주머니를 턱에 괸 채 팔짱을 끼고 식탁 상석에 앉아 있었다.

"너 산중수련 한다 하지 않았어?"

"다행히 원하는 바를 얻고 하산했습니다."

x

"너도 그렇고 택견계승회도 거시기하다. 요즘 세상에 산 중수련은 좀……. 그래도 뭐—, 확실히 기도가 좋아졌네."

조완희는 좀 더 묵직해진 그의 기운을 읽으며 고개를 끄덕였다. 그러다 고개를 홱홱 저었다.

"이게 아니잖아. 너 여기서 뭐하냐?"

"뭘 오자마자 애를 잡냐. 승환아, 밥 식는다."

조용히 밥을 뜨던 박현이 청국장을 뜨며 말했다.

"그래야, 어서 묵어야."

"네, 형님."

이승환은 넉살 좋은 웃음을 지으며 잠시 놓았던 수저를 다시 들었다.

"이거 정말 구수합니다."

"그렇지야? 이거 저기— 전라도 할매가 직접 담근 거여야. 요즘 시판되는 그런 거랑은 틀려야."

"그럼, 이 막걸리도?"

이승환은 막걸리 잔을 들며 물었다.

"고럼, 고럼. 역시 네가 뭘 좀 알아야. 히히히."

서기원이 자랑스럽게 가슴을 쑥 내밀며 잔을 들자, 박현도 슬쩍 잔을 들었다.

탁!

살짝 찌그러진 양은 막걸리잔 세 개가 조완희 눈앞에서

부딪혔다.

스르륵—

조완희가 조용히 자리에서 일어났다.

그리고는 냉장고로 가서 안을 뒤져 몇몇 음식 재료를 꺼내들었다.

기름이 많이 튀는 삼겹살과 몇몇 야채를 비닐봉지에 담기 시작했다.

"뭐해야?"

"나도 밥 먹어야지."

서기원의 물음에 조완희는 그답지 않게 싱긋 웃으며 대답했다. 이어 찬장에서 휴대용 버너와 프라이팬을 꺼낸 후 주방을 나갔다.

"어디 가야?"

서기원이 고개를 갸웃거리며 물었다.

"밥 먹으러."

조완희의 목소리는 뭔가 전과 달랐다. 그래서일까, 께름칙함에 박현의 수저가 잠시 움찔거렸다. 박현이 고개를 들어 조완희를 쳐다보자, 조완희는 음침하게 입꼬리를 말아올렸다.

"너희 집에."

조완희는 삼겹살을 흔들어보였다.

파박!

박현이 의자를 밟으며 조완희에게로 날아올랐고, 그 순간 조완희는 빛살처럼 주방을 빠져나갔다.

"잡아!"

박현이 조완희의 뒤를 쫓으며 소리쳤다.

"조 박수가 미쳤어야!"

와장창창창—

서기원은 유리창을 깨며 부엌 창문을 통해 밖으로 튀어나갔다. 정답던 부엌이 한순간 아수라장으로 바뀌더니 금세 적막하게 변했다.

홀로 남은 이승환 사범만이 상황을 파악하지 못하고 눈을 껌뻑껌뻑거렸다.

그리고 잠시 후.

어두컴컴한 지하 석실, 연무장.

"흐흐흐흐흐흐흐."

서기원이 음침한 미소를 지으며 앞으로 의자에 꽁꽁 묶여 있는 조완희에게로 느릿하게 걸어갔다.

"읍! 읍! 읍!"

조완희는 눈을 부릅뜨며 몸부림쳤지만 의자만 들썩거릴 뿐 아무 소용없었다.

"이건 배신이어야, 배신!"

서기원은 조완희의 턱을 들어 얼굴을 가까이 가져갔다.

"배신은 오로지 죽음이지."

박현의 말에 서기원이 고개를 끄덕이며 동의했다.

"내도 마음이 아프지만은……, 어쩔 수 없어야."

서기원은 조완희의 입에 붙은 테이프를 뗐다.

"이 쌍—, @^%$^#^$%&#^&%$!"

조완희의 입에서 차마 담지 못할 욕지거리가 튀어나왔다.

"ㅎㅎㅎㅎㅎㅎ."

서기원은 도깨비 주머니에서 녹색 풀 쪼가리를 꺼내들었
다.

"……! 안 돼! 안 돼! 안 돼!"

조완희는 입을 꾹 닫으며 고개를 세차게 저었다.

"아—, 해야."

서기원은 조완희의 턱을 잡아 강제로 입을 벌렸다.

"너 죽는다. 진짜 죽고 싶어?"

"ㅎㅎㅎㅎ."

푹—

서기원은 음침한 웃음을 내뱉으며 그런 조완희의 입으로
녹색 풀 쪼가리를 쑤셔 넣었다.

"읍읍! 으아아아아악!"

조완희는 녹색 풀 쪼가리가 입에 들어가자 온몸을 부르르 떨며 괴로워했다. 서기원은 혹시나 녹색 풀 쪼가리를 뱉을까 두꺼운 손으로 조완희의 입을 막았다.

"면 붙는다. 어서 먹자."

박현의 말에 서기원은 김이 모락모락 나는 쌀국수가 있는 곳으로 뛰어갔다.

"형—, 얼마 없어야."

서기원은 조완희의 입에 넣은 녹색 풀 쪼가리를 조심스럽게 갈라 세 그릇의 쌀국수에 넣었다.

턱!

그 순간 박현이 서기원의 손목을 잡았다.

"어디서 밑장을 빼?"

박현은 쌀국수를 흘깃 일견한 후 서기원을 노려보았다.

"내, 내, 내가 뭘 미, 밑장을 뺀다고 그, 그래야?"

서기원은 슬쩍 눈을 피했다.

"그래?"

박현은 서기원의 손을 놓으며 자신의 앞에 놓인 쌀국수와 서기원 앞에 놓인 쌀국수를 바꿨다.

"안 돼야!"

서기원은 원통한 듯 소리 쳤다.

하지만 이미 늦어버렸다.

박현은 고수가 듬뿍 들어간 쌀국수를 들어 이미 먹고 있었던 것이다.

　"크흑—."

　서기원은 고수가 풍성해 보이지만 매우 적게 들어간 쌀국수를 보자 눈물이 핑 돌았다.

　"이게 다 너 때문이여야!"

　서기원은 단숨에 조완희의 멱살을 잡고 흔들었다.

　"먹기 싫은 놈한테 강제로 먹인 놈이 누군데! 우욱! 우욱!"

　조완희는 말을 하다 말고 다시 헛구역질을 해댔다.

　"무조건 너 때문이어야!"

　서기원은 무릎을 꿇고 천장을 올려다보았다.

　"내 고수~~~~~!"

　서기원은 머리 위로 팔을 들어 올리며 울부짖었다.

　"먹어."

　"아—, 예."

　이승환은 엉겁결에 지하 연무장까지 따라와 바닥에 쪼그려 앉아 쌀국수를 입에 넣었다.

＊　　　＊　　　＊

　"치카— 치카—, 우욱! 치카— 우욱!"

조완희는 연신 이빨을 닦으며 헛구역질을 해댔다.

"아따— 배불러야."

서기원은 소파에 반쯤 누워 볼록 튀어나온 배를 손으로 쓰다듬으며 행복한 표정을 지었다. 서기원이 만족감을 드러낼 수 있었던 이유는 너무나도 처절한 울부짖음에 이승환이 자신의 쌀국수에 들어간 고수를 건져 그의 쌀국수에 덜어줬기 때문이었다.

애초에 만족했던 박현은 식탁에서 다리를 꼰 채로 향긋한 커피를 음미하고 있었다.

"너희가 그러고도 사람이냐! 앙!"

조완희는 이를 닦다 말고 소파에 늘어져 있는 박현과 서기원을 보자 부아가 치밀어 올라 치약 거품을 튀기며 소리쳤다.

"나는 반신."

박현의 선창.

"나는 영신."

그리고 서기원의 후창.

박현과 서기원은 서로를 바라보며 서로 주먹을 맞댔다. 물론 씨익 웃은 건 덤이었다.

"지랄들 한다. 쌍놈의 시키들."

조완희는 욕을 내뱉으며 욕실로 향했다.

*용어

    1) 산신각(山神閣): 산신각, 혹은 산령각(山靈閣). 사찰의 자그만 전각으로 산신을 모시는 곳이다.

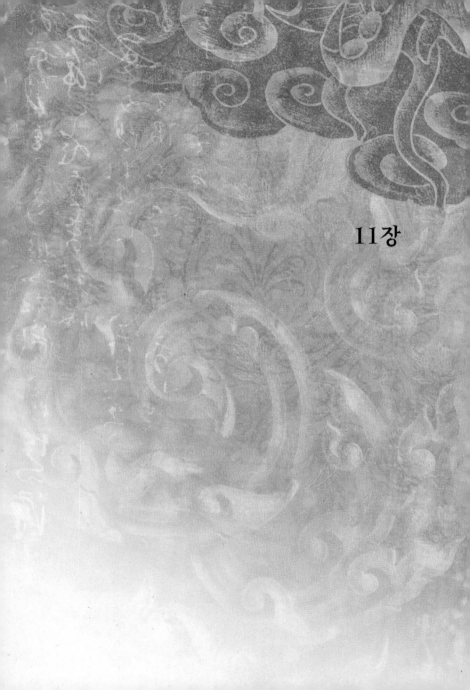

11장

"이승환이라고? 윽, 퉷!"

박현은 녹차를 한 모금 마시다 말고 그대로 뱉었다.

"녹차가 뭐 이렇게 써?"

박현은 인상을 찌푸리며 차를 우려낸 조완희를 쳐다보았다.

"내 입에 남은 썩을 고수향을 지우려면 이걸로도 모자란다. 그냥 조용히 닥치고 마셔라. 후르릅."

조완희는 녹차를 마시는 건지 입을 헹구는 건지 마치 가글을 하듯 녹차를 마시고 있었다.

"무슨 일로 현이를 찾아온 거야?"

녹차를 한 잔 비운 조완희가 새로 잔을 채웠다.

"스승님이 박현 님을 한번 뵙고 싶어 하십니다."

"사도현 회장님?"

"네."

"회장님이면 뭐 택견계승회 회장을 말하는 건가?"

박현이 되물었다.

"그렇습니다. 무작정 초대하는 것도 예의가 아닌 듯하여 이렇게 인사를 드리러 왔습니다."

"이유는?"

조완희.

"보상 최가를 뒤흔든 사실에 호기심이 드신 듯합니다."

"그 양반은 아직도 그러냐?"

"뭐……."

조완희의 말에 이승환은 멋쩍은 듯 머리를 긁적였다.

"양반이라고 했다고 꼰지르지 마라."

"해도 상관없을 텐데요."

"뒤통수 불난다."

"크크크크."

조완희와 이승환은 제법 친분이 있어 보였다.

"잘 아는 모양이다."

박현이 둘을 보며 물었다.

"나름. 아직도 셋이 함께 붙어다니냐?"

조완희는 박현을 향해 어깨를 슬쩍 들어올리며 이승환에게 물었다.

"어쩌다 보니. 하하하하."

이승환은 관자놀이를 긁적이며 어색하게 웃었다.

"너도 알지? 망치 박이랑 당래불."

"뭐……, 안면은 있지."

"얘하고 그 둘하고 해서 소문난 삼총사다."

그 말에 박현이 슬쩍 엉덩이를 뒤로 뺐다.

왜 이런 말이 있지 않은가.

끼리끼리 논다.

혹은 친구를 보면 그 사람을 안다.

박현이 보기에 망치 박과 당래불은 뭔가 머리에 나사 하나가 빠진 것처럼 결코 정상이 아니었다.

그들과 삼총사라.

이승환이 지금 보기에는 멀쩡해도 분명 머리 어딘가에 나사 하나가 빠져 있지 않을까 싶었다.

"크크크크크크."

그 모습에 조완희가 키득거렸다.

"그리 심각하게 엉덩이 뺄 필요 없어. 얘 때문에 그 두 놈이 그럭저럭 사람 노릇하며 살고 있는 거니까."

"큼."

박현은 조완희의 말에 객쩍은 듯 헛기침을 내뱉었다.

"네 생각은 어때?"

박현이 서기원에게 물었다.

"나는 검계에 대해 잘 몰라야."

그 대답에 박현의 눈은 자연스럽게 조완희에게로 다시 넘어갔다.

"친분을 쌓아 두는 것도 나쁘지 않아. 누가 뭐래도 택견은 이 땅을 대표하는 일문이니까."

"말 속에 뭔가가 숨겨져 있다."

박현의 눈초리가 슬쩍 가늘어졌다.

"괜찮아. 사도현 회장님이야 유쾌하고 격이 없으니까. 음침한 거만 빼면."

조완희는 슬쩍 이승환의 옆구리를 찔렀다.

"이것도 말 옮기지 마라."

"크. 예, 형님."

"어떻게 할래?"

조완희가 박현에게 물었다.

"귀찮아."

박현의 반응은 심드렁했다.

"네?"

"음?"

이승환과 조완희는 눈을 껌뻑였다.

"굳이 만나야 하는 것도 아니라며?"

박현은 새끼손가락으로 귀를 팠다.

"나중에 인연 되면 만나겠지. 아니면 심심하면 한번 놀러가든가 하지 뭐. 일단은 좀 쉬자. 나 피곤하다."

박현은 자리에서 일어났다.

"승환이라고 했던가?"

"예, 예."

이승환도 엉거주춤 따라 자리에서 일어났다.

"놀다 가. 나중에 볼 수 있으면 보고."

그리 말하고는.

"나 간다."

박현은 손을 저으며 마루방을 나갔다.

"음—."

서기원이 잠시 목소리를 깔며 고민하더니 자리에서 벌떡 일어났다.

"나도 가야."

서기원은 박현을 따라 쪼르르 밖으로 나갔다.

"어—. 형님, 이게……."

이승환은 따라 나가지도 못하고 어정쩡한 자세로 조완희

를 쳐다보았다.

"그렇다고 하네."

조완희는 피식 웃으며 자리에서 일어났다.

"그만 가 봐. 나도 할 일이 있어서. 술은 나중에 마시
자."

조완희도 자리에서 일어나 별채로 쑥 들어가 버렸다.

"하하, 하하."

이승환은 어이없는 웃음을 삼켰다.

처음이었다.

택견계승회장의 부름을 대놓고 심드렁하게 거부하는 이
가.

근데 그 모습이 뭐라고 할까, 나쁘게 보이지 않았다.

"어렵네."

누구는 만나보고 싶어서 안달이건만.

"그나저나 스승님께는 뭐라고 해야 하나?"

이승환은 머리를 긁적이며 자리에서 일어났다.

                    *   *   *

"근데 여기 왜 있는 거지?"

박현은 거실 소파에 앉아 있는 당래불, 망치 박을 보며

물었다.

아니 정확히는 이승환까지 셋이었다.

"형님, 다시 뵙게 되어서 정말 반갑습니다. 이야, 우리 형님 실물을 보니 잘생기셨네."

망치 박.

"나무관세음보살."

당래불은 조용히 불호를 읊는 거 같았지만 눈은 연신 진열장에 놓인 양주들을 훑고 있었다.

"그런데 어쩐 일이야?"

"에이, 형님. 싸나이 우정이 있지, 아우가 꼭 무슨 일이 있어야만 형님을 찾아뵙겠습니까."

망치 박의 말에 박현은 뺨이 묘하게 씰룩거렸다.

"……라고 말씀을 드리고 싶지만, 하하하하."

망치 박은 짧게 웃음으로 무안함을 지우며 다시 입을 열었다.

박현은 이승환을 쳐다보았다.

이승환은 눈길을 피하며 딴청을 피웠다.

"당래불, 잠시 좀."

박현이 그를 부르며 자리에서 일어났다.

"형님!"

망치 박이 큰 소리로 박현을 불렀다.

"……?"

"친근하게 불알이라고 불러주십시오."

우렁찬 목소리에 박현과 당래불은 자연스럽게 시선을 마주쳤다.

"그럴 수 있나."

"예. 알겠습니다."

망치 박은 언제 자신이 그런 말을 꺼냈냐는 듯 다시 자리에 앉았다.

벌써부터 머리가 지끈거릴 정도였다.

박현은 당래불을 데리고 주방으로 향했다.

"당래불."

"나무관세음보살."

"이승환, 저 친구가 오자고 한 거 같은데."

"맞습니다."

"그건 그렇다고 치고 왜 망치가 본인을……."

박현은 왜 친한 척하냐며 대놓고 묻기도 그렇고 하여튼 뒷말을 잇기가 애매했다.

"아마 시주의 사내다움 때문일 듯싶습니다."

당래불은 잠시 고민을 섞어 대답했다.

"남자답다면 저 녀석이 더 남자답지 않나?"

박현은 망치 박을 힐끗 쳐다보았다.

눈이 마주치자 망치 박은 환한 얼굴로 손을 흔들었다.

"끄응."

박현은 앓는 소리를 내며 당래불을 쳐다보았다.

"거석, 기억하시지요?"

"어."

박현은 미간을 슬쩍 찌푸리며 대답했다.

"그때 선보인 압도적인 무력 때문일 겁니다. 그때 저 녀석 눈에 아주 그냥 하트가 뿅뿅 켜졌었습니다."

"고작?"

"거기에 강시와의 싸움에서 쐐기를 박았지요. 나무관세음보살."

그러니까 결국은 내가 잘 싸워서라는 이야기다.

"나보다 무위가 뛰어난 이들이 많지 않나?"

많다.

확실히 많다.

"많지요."

당래불도 알고 있었다.

당장 자신의 스승이 그러하고, 망치 박이나 이승환의 스승도 그렇다.

"거 뭐라더라. 남자의 가슴을 울리는 뭔가가 있다라고 했던가? 뭐……. 여튼 그 비스무리하게 말을 하며 눈에 하트를 그렸습니다. 나무관세음보살."

"하아—."

박현은 손으로 이마를 매만졌다.

"불……. 아아—."

순간 당래불을 불알이라 부를 뻔했다. 박현은 화들짝 고개를 털었다.

"휴우—, 아니다."

박현은 당래불과 함께 다시 거실로 돌아갔다.

"스님."

박현은 자리에 앉으며 당래불을 불렀다.

"하하, 하하하. 아이쿠, 이게 왜 내 손에……."

당래불은 양주병을 진열장에 내려놓으며 너털웃음을 터트렸다.

그러자 망치 박이 자리에서 벌떡 일어나 당래불의 귀를 잡고 소파로 끌고 왔다.

"아얏! 아! 아, 아파!"

"훔치는 건 여자 마음이나 훔쳐! 이 땡중 불알아!"

"내가 뭘 훔친다고 그래?"

"내 얼굴이 다 화끈거린다."

둘의 투닥거림에 박현과 이승환은 서로 의미는 달랐지만 동시에 한숨을 내쉬었다.

"제 생각이 짧았습니다."

망치 박, 당래불이 박현과 친분이 있다는 이야기에 데려왔지만, 정작 둘의 성향을 그만 잠시 깜박해버린 것이었다. 이승환은 한숨을 섞어 사과했다.

"아니까 다행이군."

박현의 대답을 하며 둘을 힐끗 쳐다보았다.

자신을 보며 히죽거리는 망치 박, 양주병을 바라보며 침을 흘리는 당래불의 모습에 한숨이 절로 나왔다.

"그래그래. 가자, 가."

셋을 더 집에 뒀다가는 더 머리가 아플 것 같아 자리에서 일어났다.

*　　　*　　　*

서울 종로구.

골목길 안으로 아담한 기와 대문이 눈에 들어왔다.

현대식 건물 사이로 기왓장을 얹은 대문이라, 묘한 감정을 불러왔다.

아담할 것이라는 기대와는 다르게 내부는 넓은 마당과 커다란 기와 건물이 박현을 맞이했다.

"손님들이 오셨군."

마당을 떡하니 내려다보는 기와채에서 택견계승회 회장 사도현이 하얀 한복을 입은 채 서 있었다. 그리고 넓은 마당에는 여러 택견꾼들이 박현 일행을 맞이했다.

"오랜만에 뵙습니다."

조완희가 허리를 숙여 인사했다.

"오랜만이야."

생각보다 권위가 없는 친근한 목소리였다.

"자네가 박현이라는 친구인가?"

사도현 회장은 유들유들한 낯 속에 날카로운 눈빛을 드러내며 물었다.

"박현입니다."

박현은 고개를 살짝 숙이며 인사했다.

"저도 왔습니다."

망치 박이 허리를 넙죽 숙였다.

"나무관세음보살."

"승환이가 있어야만 얼굴을 내미는 벌거숭이들 아니야?"

사도현 회장은 눈을 흘기며 농을 섞어 망치 박과 당래불을 타박했다.

"앞으로는 자주 찾아뵙겠습니다……, 라고 약속은 못 하겠네요."

망치 박은 넉살도 좋았다.

"왜, 꼰대들과 놀면 재미없는 모양이지?"

"아시면서 물어보시면 제가 '네!'라고 대답을 하기가 좀……."

"얼씨구."

사도현 회장은 어이없다는 듯 콧방귀를 꼈다.

퍽!

참다못해 당래불이 망치 박의 뒤통수를 아주 시원하게 갈기며 합장했다.

"나무관세음보살."

"땡중아."

사도현은 그런 당래불을 보며 조용히 그를 불렀다.

"하명하시지요."

"요즘은 어때?"

사도현 회장은 새끼손가락을 펴 꼬물딱거리며 은근한 목소리로 물었다. 진짜 검문 한 축을 담당하는 택견의 회장이 맞는가 싶을 정도로 짓궂고 능글맞았다.

"부처님의 은덕이야 언제나 너그럽지요, 나무관세음보살."

"크흠."

사도현 회장 옆에 서 있던 장년인, 사범장 안석호가 사도현 회장에게 따가운 시선을 보내며 헛기침을 내뱉었다.

"뭘 그렇게 또 무안을 주고 그래."

사도현 회장은 가볍게 안석호 사범장의 눈치를 흘렸다.

어느새 장난기 가득한 얼굴이 지워진 그는 진중한 눈으로 이승환을 쳐다보았다.

"손님도 오셨는데."

사도현 회장의 눈에 장난기 어린 웃음이 반달로 그려졌다.

"승환아."

"예, 스승님."

"춤 한번 보자."

이어 고개를 돌려 안석호 사범장을 쳐다보았다.

"회장 체면에 같이 춤을 출 수는 없고……."

"저 말입니까?"

안석호 사범장은 미간을 구겼다.

"여기 또 누가 있었던가?"

사도현 회장은 눈 위에 손을 가져가며 주변을 마구 살피는 시늉을 했다.

"외인들 앞에서 말입니까?"

"어차피 아는 사람은 다 아는 택견인데 뭐 어때? 가볍게…… 가볍게……."

말을 하다 말고 사도현 회장의 눈매가 새초롬하게 가늘
어졌다.

"혹시……?"

"뭐를요?"

"질까 봐 쪽팔려서 그런 건 아니지?"

순간 안석호 사범장의 눈동자가 흔들렸다.

"흐흐."

그걸 놓칠 사도현 회장이 아니었다.

"설마요."

안석호 사범장은 마지못해 대청에서 내려가 마당 중앙으
로 걸어갔다. 사실 그도 이승환 사범이 산중수련을 통해 얼
마나 실력이 늘었는지 궁금하던 참이기도 했었다.

"오랜만에 한번 견줘볼까?"

안석호 사범장의 말에 이승환 사범이 그의 앞에 섰다.

그러자 다른 사범들이 마당가로 물러나 한판 무대를 만
들었다.

"손님도 있으니 옛법은 생략하자."

안석호 사범장.

"우우우우우!"

야유가 흘러나왔다.

바로 사도현 회장이었다.

"회장님."

안석호 사범장이 나직하게 그를 꾸짖었다.

옛법은 말 그대로 옛날의 법, 택견이 오늘날과 같이 스포츠화 되기 이전에 적을 제압하거나 죽이기 위해 사용되었던 살수들을 일컫는 말이었다. 즉, 살수인 동시에 회심의 암수이기도 한 비기(祕技)이기도 했다.

어찌 보면 택견의 숨겨진 요체(要諦)이기에 외인 앞에서 선을 보이기에는 득보다 실이 많았다.

물론 무수한 역사 아래 알려진 비기들이 많다고는 하지만.

"한 수 지도 부탁하겠습니다."

이승환 사범이 공손히 손을 모아 허리를 숙였다.

"잘 부탁합니다."

안석호 사범장도 예를 차리며 허리를 숙였다.

"이크!"

"에크!"

그리고 두 사내는 굼실굼실 부딪혔다.

팡— 팡— 콰광!

하지만 둘이 만들어낸 파음은 절대 가볍지 않았다.

*　　*　　*

타닥! 타다닥! 퍽! 타닥— 퍼억!

손과 발이 현란했다.

어지럽게 부딪히는 가운데 이승환 사범과 사범장 안석호
의 발이 기묘하게 비틀리며 서로의 얼굴과 가슴을 후려쳤
다.

"흠."

특히 사범장 안석호의 발따귀와 이승환 사범의 곁차기의
투로는 기묘했다. 택견의 멋스러운 몸짓은 그저 멋만이 아
니었다. 눈앞에서 펼쳐지는 택견의 투로는 박현의 상식과
경험에서 벗어나 완벽하게 상대방의 사각을 노린 일격이었
다.

일반적인 싸움이나 격투라면 모를까 저 몸짓에 내력까지
더해진다면.

부르르.

오금이 슬쩍 저려졌다.

"이크으!"

안석호 사범장의 발이 순간 비틀리며 이승환 사범의 머
리를 노렸다.

저건 먹힌다!

그런 생각이 드는 것과 동시에 이승환 사범의 머리가 아

래로 쑥 내려갔다. 그러더니 팽이처럼 팽그르 돌며 발등을 호미처럼 구부려 안석호 사범장의 뒤꿈치를 걷어 올리듯 후려쳤다.

낚시걸이.

택견의 대표 기술 중 하나였다.

단순하고 효과가 큰 기술이었지만 그만큼 실패했을 때 돌아오는 반격의 허점이 너무 컸다. 그래서 고수가 아닌 이상에야 쉽사리 쓸 수 없는 기술이기도 했다.

땅을 디디고 있던 발이 이승환 사범의 낚시걸이에 걸려 붕 뜨자 안석호 사범장은 허공에 붕 뜨며 바닥으로 떨어졌다.

하지만 안석호 사범장은 택견계승회 내에서 고수 중에 고수.

안석호 사범장은 몸을 일으키고는 바닥을 다리로 쓸어 이승환 사범이 다가오는 것을 막으며 빠르게 자리에서 일어났다.

"이크!"

이어 안석호 사범장은 마치 시라소니처럼 이승환 사범에게 발을 날렸다.

"흠."

다시 이어지는 둘의 공방을 바라보며 박현은 저도 모르

게 침음성을 삼켰다.

종합격투의 입장으로 보면 부족한 부분이 많았지만, 그 단점을 덮어둘 장점 역시 강했다.

사각을 노리는 발기술이나, 격투에서 볼 수 없는 손기술, 무엇보다 유도처럼 상대방을 효과적으로 넘어트리는 기술이 압권이었다.

지금처럼.

"에크!"

덜미잽이 딴죽.

안석호 사범장이 한순간 이승환 사범의 뒷덜미를 잡아 흔들더니 정강이를 걸어 넘어뜨렸다.

이승환 사범은 넘어지는 동시에 몸을 일으키며 신형을 낮췄다.

"그만!"

동시에 사도현 회장의 목소리가 흘러나왔다.

"……!"

동시에 박현의 동공이 살짝 커졌다.

마지막 이승환 사범의 자세.

그 모습은 레슬링의 태클 자세가 분명했다.

'아니야.'

레슬링이 아니라 종합격투기, MMA의 태클일 것이다.

이면이 아닌 일반 세상에서 가장 강력하고 진화한 격투, MMA.

택견과 그와 호흡하는 내력, 거기에 MMA 기술이라.

"후우—."

생각만 해도 짜릿하다.

그 생각에 박현은 이곳에 온 이유도 잊은 채 이승환 사범 앞으로 걸어 나갔다.

호승심이었다.

원래 자신에게 그런 것은 없다.

살기 위해 배웠고, 살아남기 위해 주먹을 휘둘러왔다.

그러나 이상하게도 저들의 대련은 가슴을 뜨겁게 만드는 무언가가 있었다.

뜨거움은 곧바로 불길로 바뀌었다.

"……?"

"대련 한번 할까?"

그 제안에 이승환 사범은 고개를 돌려 사도현 회장에게서 무언의 허락을 구했다.

"좋지! 원래 무예란 서로 치고 박고 싸우면서 서로의 무예를 발전시켜 나가는 법이지."

"그냥 솔직하게 손님의 실력을 보고 싶다고 하세요."

안석호 사범장.

"크흠. 뭘 또 그렇게 노골적으로."

사도현 회장이 부채를 쫙 펼쳐 부채질하며 딴청을 피웠다.

그의 승낙이 떨어지자.

"진체를 드러내실 겁니까?"

이승환 사범이 물었다.

진체라는 말에 짧지만 주위에서 술렁거림이 생겼다.

그 말인즉슨, 박현이 이면의 무도인이 아닌 신족(神族)이라는 뜻이기 때문이었다.

박현은 고개를 슬쩍 저었다.

내력과 신력 없이 겨루자는 말.

"조금 아쉽군요."

이승환 사범은 얼굴에 가감 없이 아쉬움을 드러냈다. 솔직히 그가 단신으로 보상 최가를 흔들었다는 말에 전력으로 한번 붙어보고 싶다는 생각이 없지 않았기 때문이었다.

"상황은 언제나 변할 수 있지."

이어진 말에 이승환 사범의 입가에 미소가 피어났다.

"그럼 시작할까요?"

이승환 사범의 말이 끝나기가 무섭게 박현은 무릎을 바닥에 끌듯 낮게 그의 품으로 파고들었다.

"흐앗!"

전형적인 MMA 스타일의 태클이었다.

'역시나!'

이승환 사범은 뒷다리를 죽 피는 동시에 박현의 목을 감싸며 등에 자신의 체중을 실었다. 역시나 이승환 사범은 태클, 테이크 다운의 방어를 잘 알고 있었고, 움직임에 망설임이 없었다.

박현은 가벼운 주먹을 휘두르며 그에게서 떨어져 거리를 잡았다.

진지해진 이승환 사범의 눈매에 박현은 싱긋 웃으며 양팔을 들어 가드를 단단히 잡고 오른발을 살짝살짝 뗐다.

전형적인 무에타이의 자세.

무형의 압박감이 느껴지자 이승환 사범도 자세를 풀고 굼실굼실 품을 밟기 시작했다.

느린 듯 빠르게, 빠른 듯 느리게.

이승환 사범은 묘한 박자로 흐름을 자신의 것으로 가져갔다.

박현은 천천히 거리를 좁히며 흐름을 빼앗기지 않았다.

후우욱— 퍽!

선타는 박현이었다.

박현은 품을 밟으며 땅에서 떨어지는 이승환 사범의 다리를 로우킥으로 후려쳤다.

그 일격에 이승환 사범의 균형이 깨어졌다.

하지만 깨진 균형에서 흐름을 찾는 게 택견이 아니던가.

이승환 사범은 일격을 맞은 다리를 오히려 반동으로 삼아 몸을 회전시키며 박현의 머리로 발을 날렸다.

마치 태권도에서 돌려차기를 연상시키는 후려차기였다.

박현은 팔을 바싹 들어 가드를 단단하게 지켰다.

퍼억!

박현의 몸이 휘청일 정도로 강력한 일격이었다.

하지만 공격은 그게 끝이 아니었다.

이승환 사범은 어복치기라는 기술로 박현의 하체를 두들겨 신경을 아래로 내리는 동시에 두름치기로 박현의 얼굴을 가격했다.

충격에 뒤로 떨어져 나갈 법도 한데, 박현은 오히려 이승환 사범과의 거리를 좁히며 그의 목을 양손으로 움켜잡아 흔들었다.

박현은 클러치 기술을 이용해 이승환 사범의 몸을 흔들어버리고는 복부에 무릎, 니킥을 퍼부었다.

퍽 퍽 퍽 퍽 퍽!

처음 두 방만 그의 복부에 찍혔을 뿐, 이승환 사범은 곧바로 양손으로 무릎을 막아갔다.

박현은 손을 풀며 이승환 사범의 뺨을 향해 팔꿈치를 휘둘렀다.

후욱—

하지만 이승환 사범은 재빨리 허리를 젖혀 박현의 공격을 무위로 돌려버렸다.

둘은 약속이라도 한 것처럼 뒤로 물러나 거리를 벌렸다.

채 1분이나 되었을까.

엄청난 공방은 한순간 치열하게 부딪힌 후 떨어졌다.

박현은 목을 슬쩍 꺾으며 다시 가드를 올렸고, 이승환 사범은 양팔을 벌리며 들숨을 들이켜고는 다시 가볍게 품을 밟아나갔다.

하지만 이승환 사범에게서 풍기는 기운이 달라졌다.

그저 마주하는 것뿐인데 몸이 저릿저릿할 정도로 따갑게 변했다.

내력.

무형의 거센 바람은 바로 이승환 사범이 내뿜는 기운이었던 것이었다.

"후우—."

박현도 날숨을 내쉬며 신력을 풀어헤쳤다.

스하아아—

박현의 몸에서 푸른 기운이 넘실거리며 이승환 사범의 기운을 밀어냈다.

그리고 두 기운이 힘겨루기를 통해 균형이 맞춰지는 순간 이번에는 이승환 사범이 먼저 움직였다.

이승환 사범은 3m에 가까운 거리를 한 걸음에 좁히며 후려차기를 마치 무에타이 하이킥처럼 차올렸다.

박현은 익숙하게 가드를 단단하게 만들었다.

퍽!

"……!"

충격을 느끼는 순간 박현의 눈동자가 살짝 커졌다.

그의 발이 너무나도 가벼웠기 때문이었다.

허수!

아니나 다를까 이승환 사범의 발이 사각과 가드를 파고들며 박현의 얼굴에 박혔다.

쾅!

박현은 충격에 휘청이며 무릎이 꺾였다.

조금 전 안석호 사범장과의 대련에서 본 발따귀였다. 이미 한 번 본 기술이었지만 생각 이상으로 사각을 파고드는 것이 절묘한 발기술이었다.

하지만 박현의 의지와 몸을 꺾기에는 부족했다.

박현은 꺾이는 무릎을 다시 펴고는 더욱 낮게 몸을 낮추며 달려들어 이승환 사범의 왼발을 잡아 품으로 끌어당겼다.

극도로 자세를 낮춘 테이크 다운에 들었다.

그리고 어깨로 그를 밀어 넘어트리려는 순간이었다.

"이이이이이!"

이승환 사범의 입에서 택견 특유의 기합이 길게 터져 나왔다.

퍼버버버버버버벅!

엄청난 충격이 박현의 어깨와 등에 내려 꽂혔다.

이승환 사범은 양팔을 풍차처럼 돌리며 박현의 어깨와 등에 주먹을 내려찍었다. 일반인들에게도 잘 알려진 옛법 도끼질이었다.

"큭!"

결국 그 힘을 이기지 못하고 박현은 신음을 터트리며 바닥에 한쪽 무릎이 꺾이고 말았다.

"이이크으!"

이승환 사범은 기합과 동시에 도끼질을 마무리하며 뒤로 물러났다.

박현은 고개를 들어 이승환 사범을 직시했다.

"크르르."

순간 치솟아오른 분노에 박현의 눈동자가 황금빛으로 물들며 낮은 울음이 새어나왔다. 그 기운에 맞서 이승환의 눈에서도 푸르스름한 안광이 폭사되었다.

두 기운이 부딪혀 폭발하려는 그때.

"그만!"

일갈과 함께 사도현 회장이 둘 사이에 끼어들었다.

사도현 회장은 박현을 향해 담담한 미소를 지었다.

"이런 대련은 익숙지 않은가 봅니다."

부드러운 목소리는 박현의 끓어오르는 마음을 차분하게 가라앉혔다. 마음은 가라앉았지만 진한 아쉬움도 없지 않았다.

"실례를 보인 것 같습니다."

순수한 대련에 사적인 감정인 분노를 표출한 것은 분명 잘못된 일이기에 박현은 허리를 숙여 사과했다.

"젊은 혈기에 그런 실수를 안 해 본 이가 있겠습니까."

어차피 손님이기도 하기에 사도현 회장도 그리 신경을 쓰는 눈치도 아니었다.

"쯧쯧."

그렇지만 박현에게와 달리 사도현 회장은 이승환 사범을 바라보며 혀를 낮게 찼다.

"괜찮아?"

분위기가 애매해지자 조완희가 다가왔다.

어깨와 등이 욱신거리기는 했지만, 이 정도면 하루 이틀이면 털 수 있을 정도로 가벼운 통증이었다.

"괜히 나섰나 싶다."

"네가 대련이라니 지나가는 깨비가 웃을 일이기는 하지."

"하긴 내 팔자에 낭만을 찾은 게 잘못이지."

조완희의 농담에 박현은 씁쓸하게 입맛을 다셨다. 그러면서도 아쉬움에 슬쩍 이승환 사범을 쳐다보았다. 비단 아쉬움은 박현만의 마음이 아닌 모양이었다.

짧게 스쳐 지나가는 그의 시선도 박현의 것과 다르지 않았다.

이른 시일 안에 다시 겨루게 되리라.

박현의 입가에 슬쩍 미소가 피어났다.

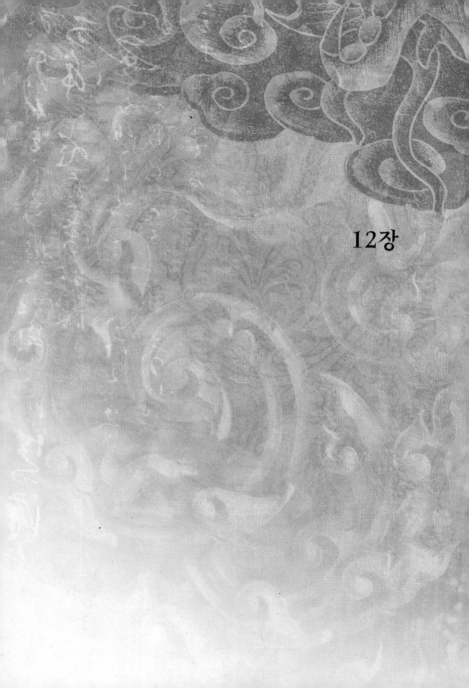

12장

사도현 회장과의 만남은 별거 없었다.

차 한 잔 나눈 게 다였다.

그 한 잔 나누는 동안에도 시답잖은 농담 몇 번 오간 게 끝이었다. 그렇게 미지근한 만남만 남기고 택견계승회 본부를 나와 집으로 돌아왔다.

갈 때와 마찬가지로 우르르 다 함께.

"너희는 왜?"

이승환이야 통한 게 있어 그렇다 하지만.

"우리는 삼총사 아닙니까, 형님!"

망치 박이 이승환의 어깨를 끌어당기며 히죽 웃었다.

"하아–."

박현은 한숨을 쉬며 현관문을 열고 집 안으로 들어갔다.

"어디 댕겨와야?"

서기원.

"일이 좀 있어서."

박현은 뒤에서 뒤따라 들어오는 이승환을 눈으로 가리켰다.

"아하—."

서기원은 알겠다는 듯 고개를 끄덕였다.

"우리 구면이지야? 반가워야."

서기원은 이승환 뒤로 쪼르르 들어오는 망치 박과 당래불에게 포동포동한 미소를 지으며 해맑게 손을 흔들었다. 안면은 있었지만 친분이 없었기에 둘은 어색함을 감추지 못하며 서기원과 인사를 나눴다.

"뭐가 이렇게 미지근해."

조완희가 둘을 향해 눈을 부릅떴다.

"내 친구다."

"……."

망치 박은 어색하게 고개를 까딱이듯 인사했고,

"나무관세음보살."

당래불은 불호로 은근슬쩍 인사를 대신했다.

"어랄라?"

착— 착—

조완희는 발을 차올려 슬리퍼를 손에 낚아채더니 망치 박과 당래불의 머리를 한 대씩 내려쳤다. 세기에 비해 소리는 찰졌다.

"박현은 형님으로 부르면서……. 기원이는 봉황회라 껄쩍하냐?"

"그게 뭐…….."

망치 박은 이러지도 저러지도 못하고 말끝을 흐렸다.

"사실 이 엉아도 껄쩍해."

조완희는 망치 박의 목을 어깨동무도 아니고 조르는 것도 아니고 어정쩡하게 조이며 품으로 끌어당겼다.

"그래도 이 엉아 친구 아니냐. 응?"

조완희는 옆에 서 있는 당래불의 목도 쥔 채 흔들며 대답을 구했다. 강요 아닌 강요였다.

"검계에 껄쩍한 놈들도 있잖아. 같아, 같은 거야. 그리고 무엇보다 이 엉아의 친구 아니냐!"

조완희는 망치 박과 당래불의 목을 강하게 조이며 다시 강요했다.

"맞습니다!"

망치 박이 시원하게 대답했다.

"그리합지요. 나무관세…… 컥!"

"땡중이 어디서 스님 행세야."

조완희는 둘의 목을 풀며 서기원을 쳐다보았다.

"그렇게 고마워할 필요 없다."

그리고 환한 웃음을 보였다.

"고생이 많아야. 야가 좀 덜 떨어져서 그래야. 친해져야 친해지는 건데……, 너희들이 너그럽게 이해해 줘야."

서기원은 환한 미소를 짓고 있는 조완희를 보며 고개를 절레절레 저었다.

"그래도 완희 마음 씀씀이가 있으니 형이라 불러도 돼야."

빠직!

조완희의 이마에 굵은 핏줄이 돋아났다.

* * *

별왕당 지하연무장.

중앙에 박현과 이승환 사범이 마주보며 서 있었다.

그리고 구석에 조완희와 서기원, 망치 박과 당래불이 조용히 자리하고 있었다. 물론 조완희는 혹시나 모를 일을 대비해 부적으로 무형의 방어막을 만들어 놓은 후였다.

"여기라면 누구 눈치도 안 보고 싸울 수 있을 거다."

조완희의 말에 이승환 사범이 고개를 끄덕이며 박현을 올려다보았다.

"마저 끝내야지."

박현이 씨익 웃자,

"좀 아플지도 모릅니다."

이승환 사범도 기세에 밀리지 않았다.

"그럼 시작……."

박현이 말을 채 마치기도 전에.

후아아악— 쾅!

이승환 사범이 복장지르기 발질로 박현의 배를 찼다. 일반적으로 부드럽게 미는 형식이 아니라 강하게 타격을 한 것이었다.

박현은 그 일격에 뒤로 날아가듯 밀려났다.

내장이 끊어지는 듯한 고통에 박현이 눈가를 찡그렸다.

"흐읍, 후우—."

호흡으로 고통을 줄이는 박현의 입가에는 오히려 미소가 지어졌다.

"성격 하나 마음에 드네."

박현은 목을 꺾으며 이승환 사범 앞으로 뚜벅뚜벅 걸어 갔다.

"에크!"

이승환 사범이 다시 발질로 종아리를 쓸어왔다.

박현은 단숨에 진체를 드러내며 이승환 사범의 머리를 향해 날카로운 발톱을 휘둘렀다.

서걱!

갑작스러운 변신에 이승환 사범은 재빨리 팔을 들어 방어에 들어갔지만, 살갗이 찢어지는 것까지 막지는 못했다.

"크크크."

이승환 사범은 피투성이가 된 왼팔을 털며 음산한 웃음을 터트렸다.

"아, 저 새끼. 또 시작이다."

망치 박은 그런 이승환 사범의 기괴한 웃음에 고개를 저었다.

"허어, 아직 번뇌를 끊지 못했구나. 나무관세음보살."

당래불.

"형님, 괜찮을까요?"

망치 박이 걱정스러운 얼굴로 조완희를 보며 물었다.

"괜찮아야."

불쑥 표주박이 망치 박 눈앞으로 들이밀어졌다.

"킁킁."

표주박에서 풍기는 알싸한 주향에 망치 박의 동공이 살

짝 흔들렸다.

"받아야."

"……예."

망치 박은 얼떨결에 표주박을 받아들였다.

자세히 보니 표주박 안에는 군침이 돌게 하는 동동주가 담겨 있었다.

"저 이게……."

"어서 앉아야."

서기원이 옆자리를 팡팡 두들겼다.

"크하! 나무관세음보살!"

어느새 자리를 잡고 앉아 있는 당래불이 그새 한 잔 쭉 들이켜며 감탄사를 내뱉고 있었다.

"메밀묵도 있어야. 술만……, 아니지. 곡주만 먹으면 탈 나야."

"이거 감사하게 잘 먹겠습니다, 형님! 나무관세음보살."

동시에 서기원을 향한 태세전환도 섬광처럼 빨랐다.

차마 입으로 가져가지 못하고 입맛을 다시던 망치 박은 시원하게 한 잔 마시는 서기원을 보자 에라 모르겠다는 심정으로 자리를 깔고 앉아 표주박에 담긴 동동주를 쭉 들이켰다.

동동주는 시원하면서도 달았다.

"현이 걱정할 거 없어야. 아무리 저 치가 미쳤어도 현이보다는 못해야. 내 친우라 그러는 건 아닌데 어디 가서 맞고 다닐 애는 아니어야."

서기원은 망치 박의 빈 잔을 채웠다.

"근데 우리끼리 이렇게 마셔도 됩니까?"

망치 박이 조완희의 눈치를 살피며 조용하게 물었다.

"다 들린다."

조완희.

"혀, 형님……."

"하아—. 마셔라. 대별왕께서 허락한 걸 내가 뭐라 하겠냐."

조완희는 한숨을 푹 내쉬었다.

쾅! 쾅! 쾅!

무거운 파음.

바닥을 적시는 피.

살벌한 싸움 앞에서 술잔이라.

"정말 마셔도 되는 건지……."

망치 박은 표주박을 내려보다 고개를 들었다.

"정말 형님은 부처님의 은덕을 받을 것입니다."

"하하하. 스님 동생이 맛나게 묵으니까 좋네. 많이 먹어, 스님 동생."

"형님은 진정 관세음보살님의 현신이십니다. 나무가 관세음보살이십니다."

서기원과 당래불은 둘도 없는 의형제의 우애를 드러내며 동동주를 주거니받거니 마시고 있었다. 물론 메밀묵은 덤이었다.

"에라 모르겠다."

망치 박은 눈을 질끈 감으며 동동주를 시원하게 꿀떡꿀떡 마셨다.

*　　*　　*

콰직!

이승환 사범의 후려차기에 박현, 백호의 왼팔이 부서졌다.

서걱!

동시에 휘두른 발톱에 이승환 사범의 가슴에서 피가 솟구쳤다.

"크하아앙!"

"에~크!"

둘의 기합이 석실을 뒤흔들며 맞부딪혔다.

그리고 다시 상대를 향해 달려들 때였다.

쑤아아악— 콰앙!

언월도 한 자루가 날아와 둘 사이에 내리꽂혔다.

"이 미친 새끼들아!"

조완희였다.

그는 훌쩍 몸을 날려 둘 사이에 섰다.

"대련이 뭔지 몰라? 둘이 뭐 같은 하늘을 이고 살아갈 수 없는 불구대천지원수냐? 앙?"

이승환 사범은 어디 한 군데 피가 흐르지 않는 곳이 없었고, 박현도 팔 하나와 갈비가 부러진 데다, 다리뼈도 성하지 않은 듯 절뚝거리고 있었다.

우드득— 드득!

그 말에 흥이 식은 박현은 진체를 풀고 인간의 모습으로 돌아왔다. 그리고는 아공간에서 하급 힐링포션을 2병 꺼내 1병을 이승환 사범에게 던졌다.

뽕—

이어서 마개를 열어 반쯤 부러진 몸에 뿌린 후 마셨다.

스스스~

푸르스름한 빛과 함께 박현의 몸은 빠르게 아물어갔다. 동시에 이승환 사범의 몸에 난 상처도 빠르게 사라져 갔다.

"이승환 사범이라고 했지?"

박현이 이승환 사범을 보며 물었다.

그의 이름을 몰라 묻는 것이 아니었다.

"예."

"너 좀 마음에 든다."

"저도 반신과 친해지리라고는 한 번도 생각지 못했습니다."

"그래?"

"형님이라 불러도 되겠습니까?"

"이미 부르지 않았던가?"

박현이 하얀 치아를 드러내며 웃음을 보였다.

"얼떨결에 부르는 거랑 마음으로 부르는 거랑은 다르지 않습니까?"

그 미소에 화답이라도 하려는 듯 이승환 사범도 씨익 웃었다.

"운동 한판 했으니 한잔해야지?"

그 말이 끝나기가 무섭게 표주박 2개가 둘 앞으로 둥실둥실 날아왔다.

"음?"

이승환 사범은 동동주가 담긴 표주박을 받아들며 황당하다는 표정을 지었다.

"시원한 게 좋아야."

서기원.

"정말 시원합니다, 형님."

망치 박.

"이곳이 극락이 아니면 어디가 극락이겠는가, 나무관세음……."

딱!

서기원이 당래불의 뒤통수를 찰지게 한 대 때렸다.

"형님한테 말이 짧아야."

"하하하하! 이곳이 극락이옵니다, 형님. 나무관세음보살."

당래불은 재빨리 허리를 굽실거리며 말을 높였다.

"이 사범, 얼른 비우지."

박현의 말에 이승환 사범도 시원하게 한 잔 쭉 비웠다.

"메밀묵 먹어 봤나?"

"들어보기만 했습니다."

요즘 세상에 메밀묵을 먹으려면 먹을 수 있겠지만, 굳이 찾지 않으면 먹기 힘든 음식이기도 했다.

"생각보다 맛있어."

박현은 이승환 사범을 데리고 동동주가 담긴 항아리 앞에 앉았다.

"으아아아아아아!"

그 사이 멀뚱하게 지하연무장 중앙에 서 있던 조완희가

울음을 터트렸다.

"왜! 왜! 내 주위에 멀쩡한 놈들이 없는 거야!"

그 울음에.

"완희 형님, 왜 저러십니까?"

얼큰하게 취해 이성적 판단이 잠시 멈춘 망치 박이 고개를 갸웃거리며 물었다.

"가끔 지랄병이 도져야. 그냥 놔두면 돼야. 신경 쓰지 말고 마셔야."

"이렇게 보니까 무섭습니다."

허공에 손발을 휘두르며 지랄발광을 하는 조완희를 보며 망치 박은 몸을 부르르 떨었다.

"어떤 업보를 가지셨길래……, 나무관세음보살!"

당래불은 한술 더 떴다.

"신경 쓰지 말고, 마셔. 가끔 저래도 좋은 놈이야."

박현이 동동주가 담긴 표주박을 들었다.

쏴아아아아—

그 순간, 갑자기 찬바람이 그들을 덮쳤다.

찬바람은 바람이 아니라 살기였다.

음산하고 찐득찐득한 조완희의 살기.

"내가 오늘 개값 치르고 만다!"

조완희는 언월도를 치켜세웠다.

                    *   *   *

"괜찮겠습니까?"

안석호 사범장이 사도현 회장과 다탁을 사이에 두고 물었다.

"뭐가?"

"아무래도 반신이 아닙니까?"

"반신이 뭐?"

사도현은 심드렁한 표정으로 코를 팠다.

"에이, 드럽게."

안석호 사범장은 손가락 사이로 코딱지를 동글동글 마는 모습에 몸서리를 쳤다.

"더럽냐?"

사도현 회장은 둥글게 만 코딱지를 안석호 사범장에게 툭 쐈다.

"아이, 씨."

안석호 사범장은 기겁하며 옆으로 피했다.

"아이, 씨?"

사도현 회장이 눈을 부라렸다.

"진짜—, 애들 보기에 창피하지도 않아요?"

"안 창피한데."

사도현 회장은 눈을 게슴츠레하게 뜨며 인중을 쭉 늘렸다.

"진짜 체통 좀 지키세요."

안석호 사범장은 훈계하듯 사도현 회장을 다그쳤다.

"누가 보면 네가 회장인 거 같다."

"회장님!"

결국 참지 못하고 안석호 사범장이 소리를 버럭 질렀다.

"아이구, 깜짝이야. 나 귀 안 먹었어!"

"진짜—."

"진짜? 뭐? 한번 해보자는 거야?"

안석호 사범장은 한숨을 푹 내쉬었고, 사도현 회장은 거기에 맞춰 눈을 부라렸다.

"하아—."

안석호 사범장은 한숨을 다시 내쉬며 입을 열었다.

"진짜 괜찮겠습니까?"

"다 같이 살아가는 세상인데 뭐. 그리고 조 박수랑 친하다며? 봉황회 소속도 아니고."

"흠."

"일단 좀 보자. 보다 보면 알겠지."

사도현 회장의 눈에는 장난기가 사라져 있었다.

　　　　　*　　　*　　　*

　만석 큰스님은 큰 바위에 앉아 노을이 지는 산골짝을 쳐다보고 있었다.

　만석 큰스님은 부처상 앞에 무릎을 꿇고 앉아 멍하니 불상을 올려다보고 있었다.

　만석 큰스님은 오래된 편지지에 싸구려 볼펜으로 한 글자 한 글자 꾹꾹 눌러 편지를 쓰고 있었다.

　만석 큰스님은 행자를 불러 무언가를 부탁했다.

　만석 큰스님은 암자 주변에 결계를 쳤다.

　만석 큰스님은 이른 새벽 암자 공터에 장작을 쌓아올렸다.

　만석 큰스님은 장작 위에서 일출을 올려다보았다.

"나무관세음보살."

만석 큰스님이 앉아 있는 장작에 화마가 피어올랐다.

* * *

약속된 그 날, 이른 아침.

신비선녀는 부지런히 삼천사 암자로 오르고 있었다.

'음?'

고즈넉해야 할 숲길이 사람들의 웅성거림으로 인해 어수
선했다. 암자 길목에 스무 명 남짓 스님들과 행자들이 모여
있었다.

"오셨습니까?"

"주지 스님."

주름이 깊게 팬 노스님이 다가와 합장을 건넸다.

"다들 여긴 어쩐 일로."

"모두들 내려들 가시게."

주지 스님의 명에 만석 큰스님의 시중을 들던 행자 한 명
을 제외하고 나머지 이들은 산길을 따라 삼천사로 내려갔
다.

"무슨 일이 있으신지요?"

신비선녀는 주지 스님의 안색이 좋지 못함을 깨닫고는 순간 불길한 눈으로 암자 쪽을 쳐다보았다.

"삼일 전 암자에서 큰 불이 일었습니다."

"그래서요?"

신비선녀는 불안함에 치맛자락을 꽉 움켜잡으며 물었다.

"이틀간 밤을 밝히다 오늘 아침에야 꺼졌습니다."

"……."

"큰스님께서 결계를 쳐 불길 근처에 가보지도 못했습니다. 그리고 행자에게 일러 결계를 깨지 말라고 하셨다더군요."

"음."

신비선녀의 목소리가 착 가라앉았다.

"제발 제 기우가 단지 기우였으면 좋겠습니다, 나무관세음보살."

주지 스님의 목소리는 불안감으로 가득 차 있었다.

"다른 말씀은 없으셨습니까?"

신비선녀는 행자에게 물었다.

"들어오시는 길은 아실 터이니 조용히 들어오시라고 전하라 하셨습니다."

"일단 실례하겠습니다."

신비선녀는 인사를 한 후 서둘러 걸음을 다시 뗐다.

조금 전 스님들과 행자들이 모여 웅성거리던 곳에 부적

으로 만들어진 결계가 쳐져 있었다.

익숙한 결계였다.

만석 큰스님은 불교계 거장이면서도 특이한 삶을 살아왔다. 부처님의 말씀보다 주술과 부적을 좋아했고, 시주들에게 사주나 풍수를 즐겨 봐주는 등 기행이라면 기행을 일삼아 왔다.

그녀에게 만석 큰스님은 조언자이며 길잡이였고, 때로는 스승이기도 하였다.

그가 십여 년 전, 마지막으로 알려준 것이 그의 정수, 만불진(卍佛進)이었다.

기문에 음양오행과 부적을 더해 만든 절진 중 절진이었다.

신비선녀는 그 결계에 추억에라도 젖을 사이도 없이 불안감에 서둘러 부적을 이용해 생문의 길을 열었다.

신비선녀는 칠정오욕(七情五慾)[1]과 빛과 어둠을 지나 암자로 들어섰다.

"아–, 아–."

암자 마당 중앙.

하얗게 재만 남은 장작더미 위에 정좌를 한, 검게 황금빛을 발하는 만석 큰스님의 모습에 신비선녀는 그 자리에서 풀썩 주저앉았다.

"그 무엇이, 어찌 소신공양(燒身供養)[2]을 하셨습니까!"

신비선녀는 눈물이 가득한 얼굴로 기다시피 그의 앞으로 다가갔다.

본디 화마에 휩쓸린 인체는 뼈만 남기기 마련.

그러나 만석 큰스님의 모습은 달랐다. 수분이 빠져나가 외형이 미라처럼 변했지만 온전한 모습을 유지하고 있었을 뿐만 아니라 은은하고 정광한 황금빛을 띠고 있었다.

신비선녀는 소매로 눈물을 훔치며 그의 앞으로 걸어가 최대한 경건하게 삼배(三拜)를 올렸다.

그리고 마지막으로 합장으로 예를 마무리할 때였다.

"......!"

만석 큰스님 품에서 불길 속에서도 타지 않은 새하얀 봉투 하나가 신비선녀의 눈에 들어왔다.

신비선녀는 조심스러운 걸음으로 만석 큰스님에게로 다가갔다.

"만석 큰스님."

신비선녀는 조심스럽게 편지봉투를 집어들었다.

파삭—

봉투를 들자 만석 큰스님의 몸이 마치 안개로 변해 사라지듯 고운 검은 재로 변해 하늘로 올라갔다.

"아—."

신비선녀는 안타까움에 허공에 손을 뻗었지만 하늘로 사

라지는 그가 세상에 남긴 육신의 흔적을 되돌릴 수는 없었다.

"아!"

이어 그녀의 입에서 다시 탄성이 흘러나왔다.

만석 큰스님의 형체가 사라진 재 위에 영롱한 사리들과 함께 엄지손가락만 한 황금빛 내단 2개가 빛을 발하고 있었기 때문이었다.

울컥 눈물이 쏟아졌지만 신비선녀는 애써 눈물을 참으며 편지봉투에서 편지지를 꺼내 펼쳤다.

　　　신비선녀 보시게.

만석 큰스님이 남긴 편지지 첫 줄에 참았던 눈물이 편지지 위로 툭툭 떨어졌다.

　　　이렇게 작별인사를 하는 소승을 그리 미워하지 마시게.

　　　……중략…….

　　　평생의 공부를 반으로 나눠 남기네. 하나는 소승의 딸 연지에게 전해 주고, 다른 하나는 완희, 그 아이에게 전하게. 부족한 공부를 채울 수 있을 게야.

……중략…….

자네의 짐작대로 연지, 그 아이는 북천의 맥을 이었다네. 정확히는 피에 담긴 기억이 신기와 만나 눈을 뜬 게지.

평생 아비의 정을 주지 못한 것이 마음에 걸리네.

그래도 시주가 있어 이 못난 소승이 부처님께 죄를 청할 수 있게 되어 참으로 다행이 아닌가 싶네.

시주께서 그 아이를 잘 보듬어 주시게나.

소승이 신비선녀에게 빚이 참으로 많은데 이렇게 다시 큰 짐을 주고 가는 것 같아 참으로 송구하기 짝이 없네.

연지 그 아이를 잘 부탁하네.

부디 부처님이 못난 제자의 과오를 용서해 주셨으면 좋겠네. 그러니 시주께서는 못난 이 소승을 위해 굿이나 한판 놓아주시게나.

"굳이 이렇게 입적(入寂)[3]을 꼭 하셔야 했습니까?"

신비선녀는 편지지를 품에 꼭 안으며 눈물을 쏟아냈다.

느껴졌다.

만석 큰스님이 어떤 마음으로 소신공양을 했는지.

김연지.

그 아이가 피의 기억을 이어받았다고 했다.

지독하고 악랄했던 멸문의 과정을 마치 자신이 당한 것처럼, 생생한 기억을 가지고 있을 것이다. 아울러 그 피의 기억을 전한 이의 사고마저 받아들였을 것이다.

그러니 만석 큰스님도 연지의 마음을 돌리지 못했을 것이다.

아니 오히려 더욱 사이가 멀어지고 데면데면하게 바뀌었을 것이다.

그렇기에 자신의 죽음으로 그 아이의 마음을 돌려보려 했던 것이다.

아비의 마음으로.

승려로서 참회하면서.

그 뜻이 부처님과 연지에게 닿기를 희망하며.

달이 밤하늘 꼭대기에 걸린 야심한 시각.

암자로 한 그림자가 조용히 스며들었다.

그녀는 연지라는 이름을 가졌던 김말자였다.

그녀는 마당 구석의 잿더미를 흘깃 쳐다보며 암자로 다가가 방문을 열었다.

"저예……, ……!"

희미한 촛불 아래.

눈이 마주친 이는 만석 큰스님이 아닌 신비선녀였다.

"너, 너는?"

김말자의 목소리는 딱딱했다.

"오랜만이로구나."

신비선녀의 목소리도 그다지 밝지 않았다.

김말자의 눈이 잠시 흔들리는가 싶더니 그녀는 재빨리 뒤로 돌아 도망치기 시작했다.

"또 내빼는 것이냐."

신비선녀는 손에 쥐고 있던 부적을 들어 책상을 내려쳤다.

쿠웅—

부적이 만들어 낸 공명은 파장이 되어 암자를 벗어나 결계를 비틀었다.

"후우—."

"원통하구나, 내 너를 이리 만나서는 안 되는 것을!"

결계에 갇힌 김말자는 원한에 찬 눈으로 신비선녀를 노려보았다.

"갈!"

신비선녀는 그런 그녀에게 일갈을 터트렸다.

"언니, 미안해요. 나 먼저 가야 할 거 같아요."

김말자는 품에서 단도를 꺼내 손바닥을 그었다.

피가 순식간에 그녀의 손바닥을 적셨다.

"나를 원망하지 마라."

화르륵—

그녀의 피에서 불길이 치솟았다.

"원통한 자매들의 복수……."

피로 만들어진 화염이 그녀의 몸을 휘감을 때였다.

"만석 큰스님이 열반에 드셨다."

신비선녀는 그녀를 내려다보며 말했다.

"……!"

"부처님께 소신공양을 하셨다."

김말자의 몸에서 일어난 불길이 흔들렸다.

그러나 충격에 흔들렸던 눈은 다시 지독한 독기로 채워졌다.

"그자의 죽음을 슬퍼할 줄 알았더냐!"

김말자가 소리치며 살기를 터트렸다.

"빌어먹을 년이 되었구나!"

신비선녀의 몸에서도 엄청난 기운이 터져 나왔다.

〈다음 권에 계속〉

*용어

1) 칠정오욕(七情五慾): 칠정오욕, 혹은 오욕칠정. 칠정 — 희(喜 기쁨), 노(怒 성남), 애(哀 슬픔), 락(樂 즐거움), 애(愛 사랑), 오(惡 증오), 욕(慾 욕심), 오욕 — 재물, 명예, 성욕, 식욕, 수면.

2) 소신공양(燒身供養): 자신의 몸을 불살라 부처님께 공양을 올리는 것을 일컫는 불교 용어. 묘법연화경에서 약왕보살이 몸에 향유를 두르고 몸을 불사른 일에 대하여 '제일의 보시'라고 한 데서 연유됐다. 깨달음의 경지를 구하는 구도의 한 방편이자 세상을 구한다는 목적으로 행하는 수행이자 자기희생이다. 고래로 많은 고승들이 소신공양을 통해 깨달음을 구했다.

3) 입적: 승려의 죽음.